문학과지성 시인선 603

머리카락은
머리 위의 왕관

이다희 시집

문학과지성사

문학과지성 시인선 603

머리카락은 머리 위의 왕관

펴낸날 2024년 5월 13일

지은이   이다희
펴낸이   이광호
주간   이근혜
편집   방원경 이주이 김필균 허단 윤소진 유하은
마케팅   이가은 최지애 허황 남미리 맹정현
제작   강병석
펴낸곳   ㈜문학과지성사
등록번호   제1993-000098호
주소   04034 서울 마포구 잔다리로7길 18(서교동 377-20)
전화   02)338-7224
팩스   02)323-4180(편집) / 02)338-7221(영업)
대표메일   moonji@moonji.com
저작권 문의   copyright@moonji.com
홈페이지   www.moonji.com
ⓒ 이다희, 2024. Printed in Seoul, Korea

ISBN   978-89-320-4276-3 03810

문학과지성 시인선 603

머리카락은 머리 위의 왕관

이다희

시인의 말

다섯 살 때 목표는 손 한번 떼지 않고 하트를 그리는 것이었다.

눈이 좋지만 크고 넓은 안경을 하나 샀다.

힘들면 잠시 엎드려 있어야 하는데
그럴 땐 안경을 빼서 옆에 두어야 한다.

종이가 있다며 가지러 간 언니가 닫힌 문을 다시 열고 들어올
때까지.

2024년 5월
이다희

머리카락은 머리 위의 왕관

차례

시인의 말

해설

1부

입춘(立春)

　기상청 기준으로 대설주의보는 하루 동안 내리는 눈의 양이 5센티 이상 예상될 때 발효된다. 차를 멈추어 겨울용 타이어로 바꾸고, 사람들이 천천히 걷는 것을 본다. 사람보다 차가 더 천천히 간다. 속도와 질감이 바뀐다.

　갑작스레 많이 내린 눈은 인간의 질서를 바꾼다. 그리고 언제 그랬냐는 듯 눈이 녹고, 눈이 아닌 무엇인가가 인간을 사로잡는다. 폭설이 지난 후 알게 된 것이다.

　페르세포네가 땅 위로 돌아왔을 때 그녀는 데메테르를 잠시 알아보지 못한다. 자신에게서 시선을 떼지 못하는 늙고 지친 여자를 봤을 뿐이다. 사람들은 페르세포네에게 몰려가 자꾸 질문한다. 페르세포네는 땅 위에 앉아 곰곰이 생각한다.

　눈앞에 놓인 작은 돌에 대해서. 손에 딱 쥐어봄직한 작은 돌을 쳐다보다 집어 들어 사람들 사이 허공에 힘껏 던진다. 돌에 맞은 사람은 한 명도 없지만 모두 돌에 맞은 사람처럼 흩어진다.

손에 잡히는 작은 꽃들을 툭툭 꺾어 보낼게. 손에 쥐어 봄직한 돌을 발로 차본다. 돌은 어떻게 꺾어 보내지? 다시 발로 툭 찬다.

뒤를 돌아보면 지나온 길에 꺾인 꽃들이 널려 있다. 이런 식으로 꽃다발을 만드는 건 나쁜인걸.

작고 마른 꽃 주변에 얼음이 맺히면 꽃이 무너져도 얼음꽃은 얼마간 자신을 유지한다. 허공에 멈춰버린 아침의 입김과 닮았다고 생각한다.

돌을 힘껏 던질 때 발뒤꿈치가 살짝 들렸다가 다시 땅에 내려앉은 것.

그것까지 겨울의 일부로 받아두기로 한다.

충청도

　내가 아는 안마사는 기운이 좋지 않은 손님을 만나는
날에 침대가 아니라 문간에서 새우잠을 잔다

　그녀의 꿈에는 종종 손에 닿았던 살들이 모두 이어져
파도치는 장면이 나온다 그러면 그녀의 오른쪽에 어디서
생겼는지 모를 서핑 보드가 갑자기 나타나고 그녀는 망설
임 없이 서핑 보드를 탄 채 정신없이 파도치는 살들 사이
로 중심을 잡는다

　어떤 때는 열흘이 넘도록 침대에 들어가지 못한 적도
있다

　밤새 희고 얇은 니트릴 장갑을 끼고 자다가 아침에 일
어나면 싱크대에서 태운다
　그녀는 이것이 14년 넘게 근속을 할 수 있는 이유라고
생각한다

　어느 날 어느 때 그녀는 비몽사몽 일어나 장갑을 태웠
고 태우는 것에 열중한 나머지 불이 번졌다

거실에 설치된 화재경보기가 요란하게 울리기 시작했
다 세상의 모든 복도가 사이렌 소리로 환해지고 문들이
흔들거렸다 열대어들이 피난을 가며 부드럽게 어항을 밀
었다

오늘은 충청도로 출장을 간다 갑자기 거동이 불편해진
오래된 손님을 위한 그녀의 배려다 아마 그가 마사지를
더 이상 필요로 하지 않을 때면……

충 청 도

혼잣말을 해본다 일어나서 뱉은 첫마디가 충청도라니
자세한 주소를 떠올리려고 하면 할수록 입에서는 충청도
라는 세 글자만 반복해서 나왔다

그녀의 손을 거쳤던 살들이 실은 그녀의 손을 어루만진
것이다

착실하게 출근을 했던 날들이 떠오른다 그녀는 손가락에 반창고를 붙였다 살들을 틀어막기에 어딘가 한참은 작아 보이는 반창고였다

신호라도 되는 것처럼

오늘 치의 글쓰기가 끝났다고 삶이 갑자기 시작되는 게
아니라서
나는 발코니에 가만히 서서 아래를 내려다본다

멀리서 걸어 다니는 사람들은 내가 난간 위에 둔 물컵
을 가볍게 통과한다
이런 일쯤은 아무것도 아니라는 듯이

웬만하면 어려운 생각들은 밀어내보려고 한다
딱히 갈 곳 없이 돌아다닐 때 사람이 사람을 밀어내는
힘으로 어디든 도착하는 것처럼
나는 계속 문장을 선택하고 선택은 나를 쪼개놓고 스스
스 사라진다
아, 쪼개진 만큼 가벼워졌다면 나는 걸어 다닐 필요가
없을 텐데

작은 숲을 계속 헤매며 무한을 만들었던 사람은 숲을
나와서 쓴다
나쁜 일보다 좋은 일을 견디는 게 어렵다라고

일기에 숲이라는 단어는 나오지 않는다
모든 빛이 한 번에 몰려든다면 틀림없이 죽을 테지
나는 밝고 집요한 조명을 하나 켠다

잠에 들면 그는 자꾸 운전을 하려 한다
나는 그에게 달라붙은 잠을 뜯어내어 그의 일기를 고친다
일기는 소중하지만 때가 되면 이름을 지우고 아무에게
나 줘버리고 싶기도 하지

열어놓은 창문으로 선선한 바람이 분다
나는 마치 그것이 신호라도 되는 것처럼 몸을 일으킨다
그의 베개 밑에 차 키를 몰래 숨긴다
어떤 부적은 당사자가 몰라야 효력이 생긴다

그가 얼굴을 베개에 깊이 파묻은 만큼 내가 침대에서
떠오른다 쪼개진 나의 조각 하나가 서서히 떠오르고 있다

불면의 시작이자 사랑의 시작이다 좋은 일인지는 알 수
없다

무화과나무 여름 바구니 이름

여름이 맞는지 알아보려고 뛰어든다

물의 표면을 깨뜨리면서
앞으로 시간이 얼마나 남아 있을까

호수에 나를 새기듯
한중간을 향해 헤엄을 쳐

어디가 한중간인지 물 밖으로 머리를 내어 가늠하는데
알 수 없어
결국 맞은편에 도착해

정수리부터 땀이 흐르고 이가 달달 떨려
내 입술이 낯설어
추운 건지 더운 건지 알 수 없어

여름일까?

옷이 맞은편에 있는데

어떻게 돌아가야 할까 걸어가야 할까
나는 할 수 없이 벗은 채로 물에 들어가
다시 헤엄을 쳐

그러다가 문득 방금 도착했을 때
이가 달달 떨렸을 때
그때가 한중간이었다는 사실을 알게 되지

나는 크게 원을 그려 손으로 발로 마음으로
계속 큰 원을 그려

나 이번엔 도착하면 옷을 집어 입고 그대로 달려나갈
거야
뒤도 돌아보지 않고 그냥 달릴 거야

길은 계속 이어지고 나는 나의 한중간이 조용히 이동하
고 있다는 것을 알았다. 하지만 호수를 나와 맨몸으로 서
서 이를 달달 떨었던 일은 잊히지 않는다. 뒤도 돌아보지
않겠다는 다짐은 아직도 지켜지고 있다. 내 앞의 풍경들

은 점점 바뀌고 좋아하는 것과 싫어하는 것이 생겼다가 사라지지만, 앞의 풍경들이 바뀐다고 뒤의 풍경도 바뀐다는 희망은 품지 않게 되었다.

겨울병

겨울 거울 주머니

단어들을 단정하게 줄을 맞춰 적어놓으면 거울을 주머니에 집어넣을 수 있을 것 같다

그리고 그렇게 할 수 있다

겨울 주머니

거울을 집어 주머니에 넣고 겨울을 물끄러미 바라본다

겨울은 주머니에 넣을 수 있지만 어쩐지 잘 되지 않는다

고백하겠다고 작정한 사람은 모든 것이 뚫려 있는 풍경 앞에서 당황하기 마련이다

하지만 겨울이면 한없이 우울해지는 나는 웬만하면 겨울을 주머니에 집어넣고 싶다

겨울은 항변한다

난 겨울이야 겨울은 그냥 겨울이고 겨울은 죄가 아니야
주머니에 연루되고 싶지 않아

제발

겨울은 한없이 투명해진다

한없다는 말은 한계가 없다는 뜻이나
나는 원한이 없다는 뜻으로 쓰고 싶다

겨울 주머니

여전히 나는 겨울에 실패한다

겨울은 황량한 것이 아니라고 중얼거리며 나는 조용히
겨울의 태엽을 감는다

태엽을 다 감은 겨울을 손에 꼭 쥐고 겨울을 풀어놓기
좋은 빈 곳을 찾아다닌다

종과 횡과 사선으로

갑자기 멈춰 세우지 마

뛰다가 갑자기 멈추면 넘어지기 쉬워

아침에 일어나면 뭐든 씹어 삼키려고 한다
침대는 내 혼잣말을 어떻게 다 듣고 있는지
아마 영원에 중독된 것 같기도 해

영원에 중독된 침대는 한낱 혼잣말을 견딜 수 있다

이 집에서 유일하게 마음에 드는 점은 창문이 크다는 것
크고 불투명한 유리는 떠오르는 섬광을 추상적으로 감
상하게 만들지

잠시 눈을 감으면 지난밤 혼잣말이 혀끝에 감돈다
막막한 질문들이 체스 판 위의 말처럼 소년을 옮긴다

소년은 체스 판 위에서 퀸이 된다
퀸은 종과 횡과 사선으로 움직일 수 있다

블라인드를 내린다
블라인드의 곡선은 호기심
아침의 타는 꽃 냄새 불투명한 안개

종과 횡과 사선으로 걸어간다

퀸은 뒤로 갈 수 있지만 뒤로 간다고 수를 물리는 것은
아니다

저녁 골목에서 생선 비린내를 맡으며 식당을 찾아가는
손님처럼
소년에 대한 깊은 식욕이 있다 식욕은 운명에게 있는
것이다

바람이 머리카락을 망치질해서 허공에 걸어놓는다 작
은 첫눈이 눈에 들어가 순식간에 자신을 잃어버린다 여긴
참 풍경이 좋아 아니 나 우는 게 아니고

눈물이 아니라 다크서클이라고 상상력이 아니라 질투
라고 당신을 사랑해가 아니라 그냥 사랑이라고 써 앞뒤
다 잘린 단어가 우리를 절벽 위에 세워두지

사람들이 아무렇지 않게 침대에 눕는 동안에도 창문이
무너지지 않았다

우리 사이 꽃

앞에 있으면 자꾸 눈에 보이고
눈에 보이면 할 말이 생긴다
할 말이 생기면 이상하게도
할 말을 할 수 없다

귀로 보자
밤 늦은 거리가 환하게 빛나도 우리는 귀로 보자
이 거리에 있는 가게들이 어떤 음식을 내놓는지 코로
추측하면서

우리는 아주 큰 꽃다발을 눕힐 수 있을 만큼 떨어져 앉
아 있다

아주 큰 꽃다발은 없지만 아주 큰 꽃다발 크기만큼 떨
어져 있다고 생각하니
꽃다발에는 무슨 꽃이 있을까 궁금하고 꽃다발이 시들
기 전에 물을 줘야 할 것 같아 염려된다

지나가는 사람의 옷에서 꽃을 찾는다

할 수 있다면 머리핀에서도

어쩌다 먼저 찾는 사람이 다른 사람에게 알려주기도 하
면서
오래된 나무 벤치는 나무살이 하나 빠져 있지만 나머지
로도 충분하다
우리의 자세에는 부족함이 없다

어떤 여자가 낮은 웃음소리로 공기를 긁고 지나간다 그
게 울음인지
진짜 웃음인지 구별하기 전에
여자는 재빨리 우리 앞을 스쳐 지나간다

아는 사람 같다고 아니 아는 사람이라고
갑자기 내가 엉덩이를 들고 일어나면
벤치에서 요란한 소리가 나서 모두 이쪽을 쳐다보고
너도 덩달아 일어나고 요란한 소리가 멈춘다 모든 게
순식간이다

우리는 어색한 상황극을 마친 배우들처럼 얼굴이 붉어
지고 나는 식은땀마저 흐른다
　당황한 채 서로의 얼굴을 처음 본 사람들처럼 서 있다가

　그만 갈까?

　누가 먼저 말했는지 기억은 날아가고 우리는 걷는다
　나는 열을 식히기 위해 마음을 차갑게 얼리기 시작했다

　나에게는 순식간에 내 마음을 차갑게 얼릴 수 있는 이
야기가 몇 개 있다
　어쩐 일인지 마음이 차가워진 만큼 얼굴이 더 뜨거워
진다
　나는 손부채질하며 뜨거운 얼음을 식히려 애쓴다

　몇 걸음을 걷다가 내가 꽃이라고 외치자
　너는 벤치를 돌아본다 우리 둘 사이에 아주 큰 꽃다발
이라도 있었던 것처럼

나날들

집에서 키우던 햄스터에게 쌀알을 한 움큼 잡아 던지던 사촌 형의 팔을 물어뜯은 적이 있다.

나는 사촌 형에게 밀쳐져 뺨을 맞고, 햄스터는 자신에게 날아오는 쌀알에 어찌할 바를 모르고 얼굴을 숨기며 발버둥 친다. 나는 나에게 햄스터가 소중한 것처럼 형에게 소중한 게 무엇일까 고민한다. 그 짧은 시간에 머리가 핑핑 돌아간다. 남자가 손바닥이 뭐냐고 주먹을 쓰라고 소리를 지른다. 그건 너를 봐준 거라고 형이 대꾸한다. 형에게 목숨보다 중요한 것은 형이다. 그 짧은 시간에 내 머리는 결론을 내린다. 나는 한 걸음 뒤로 물러나 형을 바라본다. 싸우려면 한 걸음 가까이 가야 하지만 보려면 뒤로 물러나야 한다.

형의 허벅지에서 검정 벨트를 지나 상체에 보기 좋게 감긴 폴로 티셔츠까지. 오른쪽 깃이 왼쪽 깃보다 안으로 더 말려들어 가 있는 것이 눈에 띈다. 나는 더 이상 화가 나지 않는다. 형의 두 귀 사이에 놓인 이목구비를 훑는다. 형의 단단하고 뜨거운 팔이 얼마나 식어갈지, 형이 어떻

28

게 자신을 잃어가는지 나는 옆에서 지켜볼 수 있는 사람
이다.

그 짧은 시간에 나는 그것을 이해했고, 조용히 햄스터
집을 들고 방을 나왔다.

선악을 초월한 다리 위에서

(선아 콘솔 위에 장갑과 목도리를 두고 걸어오다 바닥에 있는 책 더미에 발 걸려 넘어지는 소리. 헛기침 소리.)

(창으로 햇빛이 들이쳐 여섯 개의 동공이 동시에 작아진 다. 네 개의 동공은 사람의 것. 두 개는 고양이 니체의 것.)

아픈 남자는 아픈 남자인 것밖에는 참 쓸모가 없어.

(선아 창문으로 다가가 문을 반쯤 열어놓는다. 창문은 안 에서 바깥으로 열린다.)

이렇게 창문을 닫고 있으니까 더 아프지.

(선아 소매를 걷어 올리고 손을 남자의 이마에 올린다.)

초콜릿 먹어요. 내가 사 왔어.

(선아 초콜릿 껍데기를 하나씩 벗겨 남자의 입에 넣어준다.)

(남자 입을 오물거리며 받아먹는다. 남자의 얼굴이 붉은데 아파서 붉은 건지 선아를 보고 붉은 건지 알 수 없다.)

(열어놓은 창문으로 바람 소리 들린다. 멀리서 아이들이 뛰어노는 소리가 섞여 들린다.)

내가 온 게 좋은 거야 아님 내가 와서 민망한 거야? 속을 알 수 없어 정말.

(선아가 온 것이 좋지만 아파서 제대로 내색할 수 없다. 오늘 선아가 올 것 같았지만 온다는 확신은 없었으니, 나는 그저 기다렸다. 선아가 망설이는 모습, 과일을 살까 초콜릿을 살까 고민하는 모습, 여기 오느라 화장하는 모습, 잘 구운 아몬드와 목련 향이 나는 선아의 향수, 너무 꾸민 것 같아 보일까 봐 옷을 다시 바꿔 입는 모습, 다섯 살 때 그네를 타다가 넘어져 무릎에 생긴 상처가 치마를 입지 않는 이유가 된 것, 선아의 목선, 피곤하면 짙어지는 눈 밑으로 언뜻 보이는 핏줄, 유독 못생긴 왼손의 새끼손가락……을 빼면 확실히 아름다운 실루엣. 나는 열에 들떠 이 모든 것이 뒤섞인 상상을 했

다. 시간과 공간이 자연스럽게 바뀌어 나는 이게 상상이라는
걸 깨달았다.)

열이 꽤 있네.

(나는 선아의 말투가 마음에 든다. 뻔히 아는 사실을 다시
말로 단정 짓듯 되풀이하는 말투. 선아를 별로 좋아하지 않는
사람들은 이 말투를 싫어하지만, 나는 알고 있지. 그게 남에
게 하는 혼잣말이라는 것을. 혼잣말을 공손하게 하는 사람은
없으니까. 선아는 남을 함부로 판단하는 사람이 아니라 그저
자신의 속을 말로 뱉어버리는 사람에 가깝다는 것을.)

아픈 남자는 참 쓸모없지만, 아프지 않은 남자는? 백해
무익. 알지? 백.해.무.익.

(선아는 자신이 하는 말을 내가 다 알아들을 것이라 확신
할 때가 있는데 지금이 그렇다. 그렇다고 안다며 고개를 끄덕
거리거나 화를 내면 안 된다. 안다고 고개를 끄덕거리면 자기
가 한 말이 무슨 뜻인지 아느냐고 다시 물어볼 것이고, 화를

내면 같이 화를 낼 테니까. 다시 말해 선아는 지금 나를 세워
두고 스스로에게 말하고 있는 중이니까. 그건 내가 아프더라
도 변하지 않는 사실인가 보다. 나는 그저 선아의 말을 듣는
다. 선아가 내뱉는 한국말을 듣는다. 선아는 나에게 혼잣말을
하고, 나는 음악을 듣는 것처럼 선아의 말을 듣는다.)

(방 안에서 떠도는 초콜릿 녹는 냄새.)

잠깐, 저기 위에서 누가 우리를 쳐다보는 거 같아.

(선아 창문 너머 다리에 서 있는 누군가를 손가락으로 가
리킨다.)

(이건 선아의 착각이다. 저 다리는 내가 자주 가는 산책 길
인데, 다리 위에 서면 내 방이 있는 건물은 아주 작고 낮게 보
인다. 우리는 거의 보이지 않을 것이다. 설령 선아의 말대로
서로 마주 보았다고 해도 의미가 없다. 사람이 매일 일어나고
용기를 내어 몇 초간 태양을 뚫어지게 바라봐도, 태양 입장에
서 그걸 마주쳤다고 하기에는 곤란한 것처럼.)

진짜라니까? 여기를 계속 쳐다본다니까? 어쩐지 아까부터 기분이 이상하다 했어.

(선아 팔을 뻗어 창문을 소리 나게 닫는다.)

지금 내 말 안 믿지?

(선아 몸을 획 돌리는데, 침대 옆에서 귀신이라도 본 듯 얼어붙는다.)

(고양이 니체의 몸이 이상하다. 입에는 침이 흐르고 숨을 거칠게 쉰다. 옆에는 선아가 까놓은 초콜릿 껍질과 부스러기.)

(선아는 짧은 비명을 지르고 고양이 니체를 안고 바깥으로 나가 달리기 시작한다.)

(몇 분이 지났을까. 나는 몸을 일으켜 손을 덜덜 떨며 창문

을 다시 열었다. 저 멀리, 먼 다리 위에서 어떤 여자가 검은색 고양이를 안고 달리는 것이 보인다. 저 여자가 선아가 맞는지 고양이는 니체가 맞는지 아니 고양이이기나 한 것인지 알 수 없다.)

(나는 최대한 눈을 크게 뜨고 쳐다본다. 선아야 선아야 그렇게 달리면 다쳐 선아야. 선아야 잠깐 멈춰서 여기를 쳐다봐봐. 선아야.)

(여자가 빠르게 다리를 지나간다.)

2부

렌드로 카이프테

카이프테는 모르는 사람은 모르고 아는 사람은 아는 작가이다.

카이프테를 아는 사람들은 얼굴을 찌푸리거나(그는 속물을 경멸하는 속물이야…… 그게 얼마나 부끄러운 줄도 모르고) 카이프테보다 더욱 훌륭하게 엉망인 사람을 추천한다(고작 카이프테라니…… 취향하고는).

주먹이 작건 크건 맞아서 아픈 주먹은 따로 있는 법이다. 아프지 않으면 내 주먹도 나가지 않는데 내 주먹에 누군가 아픔을 느끼는 일도 흔한 경우는 아니다. 나는 카이프테가 내 주먹에 아파하는 것을 느낀다. 나는 여기서 취향보다 더한 취향을 발견한다.

속물은 속물을 경멸한다. 그게 아니라면 그가 받는 압박을 어떻게 해결할 것인가. 압박 앞에 선 부끄러움은 힘이 없다. 하지만 내 생각에 카이프테는 부끄러움을 모르는 것이 아니라 부끄러움을 알아서 부끄러움과 함께 작업한다. 부끄러움과 함께 자고 함께 일어난다. 부끄러움을 먹어치우고 다음 날에도 여전한 부끄러움에 당황한다.

내 기억에 그는 부활한 적 없이 매 순간 잘 죽는 편이다.
카이프테는 당신이 알람을 끄고 시작하는 아침 명상 속으
로 꼬물꼬물 기어간다. 카이프테를 느끼지 못할 때까지.
투명한 아침 명상 속에서 카이프테는 꼬물꼬물꼬물꼬물
꼬물꼬물꼬물꼬물꼬물 작업한다.

청소부 천사

아기는 침을 흘린다 투명한 침이 거의 바닥에 닿을 듯……

바닥이 대리석으로 되어 있는 곳일수록 카펫이 필요하다
대리석은 관절에 좋지 않아
대리석은 카펫을 부르고 카펫에는 얼룩이 있다
                              보이지 않는 얼룩도 있겠지

  물티슈로 급하게, 닦아보지만, 제대로 지워야지, 빨래,
해야지

  섬유 유연제 향이 진동하는 드럼 세탁기의 회오리
  꽃향기
  꽃이 필 때
  꽃은 거의 터지지 보이지 않는 힘이 누른 듯
  보이지 않는 힘이 풀려버린 듯
  꽃이 도달한 이 미친 게으름을 이 수평선을

붉은 꽃잎
누가 위에서 본다면 내가 흘린 핏방울인가?

착각한다

물걸레가 지나간 길 위에 찍힌 청소부의 발자국은 어떻
게 처리하지
청소를 어떻게 청소하지
발자국을 남기지 않는 청소부가 필요해

루브르에 들어간 아기 천사를 세어보자
청소부 천사도 들어갈 수 있을까

빨래를 잊고 회오리에 눈길을 뺏긴다
소원을 빌러 왔다가 홀린 듯 달을 보던 인간을 이해해
정신 차려 당신 점점 소원을 잊는다
달은 인간의 시선을 계속 흡수한다

청소부 천사는 달이 괴물이라는 걸 알아차린다
보름달이 뜨면 나는 은하수를 따라 당신에게 도착해

얼룩을 봐야 해서 시력이 좋은 흰

얼룩을 닦아야 해서 흰
백인도 경멸할 만큼 흰
어디에나 필요한 흰
한 손에는 데톨 한 손에는 표백제를 든 흰
발 없는 흰

청소부 천사가 활성화되자 아기 천사는 침을 흘린다 투
명한 침이 거의 바닥에 닿을 듯……

현대시

방에 누워서 책을 보다가, 현시대를 현대시로 잘못 읽었다.

도대체 누가 이런 말을 하는 거야? 짜증이 나서 누워 있던 몸을 확 일으켜 세워 책을 다시 읽는다.

그리고 이내 내가 잘못 읽었다는 걸 알게 된다. 내가 잘못 읽어놓고 짜증을 낸 것이다. 민망한 기분에 다시 눕는다. 혹시 내가 봤을 때 글자가 슬쩍 자리를 바꾼 거 아닐까? 나는 이상한 착시 속에서 허공을 만들어냈다.

어깨는 날개입니다. 어깨 치료로 유명한 병원에서는 이렇게 말한다. 이런 문장을 보면 굽어 있던 어깨를 한번 펴게 된다. 하지만 나는 안다. 날개는 어깨가 아니다. 나는 날개를 잃은 사람이 비좁은 통로에서 사람들과 어깨를 부딪치며 걷는 것을 본 적 있다.

고대 비극이 상연될 때 코러스는 주로 춤과 노래를 보여줬다고 한다. 배우의 미묘한 표정보다 강렬한 몸짓이

멀리 있는 사람에게 더욱 잘 보였을 것이다. 나는 야외극장 무대에서 가장 먼 자리에 앉은 이에게 시선을 고정시킨다. 왼손을 높게 들어 큰 반원을 그린 후 오른쪽 어깨를 감싼다.

어깨를 좀 펴. 마음에 묻은 마음은 당신만 알겠지. 괜찮아. 바다 본 적 있어? 우리 사이에 넘치는 이 파도가 나는 무서워. 바다는 우리를 만나게 해줄 것 같기도 하고 전부를 익사시킬 것 같기도 해. 당신은 당신 인생과 겹치지 않는 이 극을 보며 운다. 지금 당신이 흘리는 눈물은 원해서 흘리는 눈물. 당신의 눈물 한 방울 들어갔으니 이 극은 알게 모르게 새로워진다.

허공은 출구가 아니라서 현시대이든 현대시이든 빠져나가지 못한다. 나는 평소보다 천천히 몸을 움직인다. 내가 당신을 위해 결말을 지연시키고 있다는 거 알아주면 좋겠는데. 야외극장은 모르는 사람, 아는 사람 뒤섞여 시끄럽고, 나는 누워서 책을 읽는다. 인생이 당신을 새로 얻을 때까지 책을 읽고, 읽고, 또 읽고……

하이쿠

악마는 날개가 잘린 곳의 상처를 긁는다
습관이다
이번에는 아무것도 파괴하지 말아야지
다짐하면서

금요일에는 일본인에게 하이쿠를 배운다
악마는 누군가를 가르치기만 했지
누군가에게 배우는 것은 처음이다

일본인은 말한다
일반 쓰레기 버리는 날을 아는 것
그것이 하이쿠라고

내 앞에 나타난 사람들은 얼마나 운이 좋은지
내 앞에서 죽어가는 사람을 살리지 않는다
이번에는 아무것도 파괴하지 말아야지
상처를 살살 손으로 긁는다
상처의 경계를 지나 빨강이 이동한다

모든 것과 그 밖의 다른 것

점심을 먹고 오후에는 예술사 수업을 듣는다. 예술사 수업을 듣고 있으면, 원인과 결과가 서로를 밀고 당기는 것 같다. 이게 아주 정교한 착시라 해도 기꺼이 눈을 가져다 대고 싶은 착시이다. 언제나 필요한 다음이 기다리고 있는 것 같아서 마음이 놓인다.

다른 예술과 달리 바로크 시대에 문학은 어째서 잠잠했는가.

나는 바로크 시대의 다소 과장된 회화의 이미지들을 떠올린다. 문학은 어째서 잠잠했는가.

하지만 교수님 저는 방에서도 실 핀들을 계속 잃어버립니다. 그러다 방은 불쑥 실 핀들을 뱉어놓지요. 그건 알 수 없어요. 하나뿐인 좁은 방이 바깥보다 커질 때가 바로 그런 때입니다.

그럴 때 저는 실 핀에서 다시 시작합니다. 실 핀에서 옆의 실 핀으로 작은 허브 화분으로 깡통 통조림과 숟가락을 넘어 가스 밸브로 포스트잇으로…… 바람이 불면 몇 개의 포스트잇은 멀쩡히 서 있다가 다리가 들린 사람처럼 힘없이 팔랑거립니다. 방은 툭툭 실 핀들을 뱉어놓습니다. 이렇게 생각하는 동안에도 책의 페이지는 넘어가고,

　며칠 전에는 지하철에서 마스크를 낀 채 가벼운 입맞춤을 하고 헤어지는 두 사람을 봤습니다. 한 사람은 지하철을 타고 한 사람은 타지 않았습니다. 지하철이 수평으로 그들을 갈라놓았습니다. 나는 두 사람을 어디선가 본 적 있어요. 마스크를 끼고 있으니 알아보겠어요. 두 사람은 연인일까요? 그러니까…… 마그리트의 연인일까요?

　예술사 수업을 듣고 있으면 역사의 무대에 늦어서 뒷줄에 앉아 있는 기분이 들어 초조해집니다. 구해 온 오페라글라스를 눈에 대고 손으로 계속 거리를 조절합니다. 눈과 손이 바빠집니다. 초점은 자주 엇나가고 어지러운 영상이 눈앞에 펼쳐지지만……

　죽은 사람의 영혼이 잠시 내 곁에 머문다고 여기는 것

은 재능이다. 나비를 죽은 사람의 영혼이라고 여기는 재
능. 나비의 비행 방향은 발작적이다.

날개가 뜯긴 나비가 가만히 돌에 붙어 있다. 날아가는
나비는 죽은 사람의 영혼. 날지 못하는 나비는 살아 있는
사람의 영혼. 다리 하나가 미세하게 계속 떨리고 있다. 나
비의 다리만 그린다면 그게 나비의 다리라고 어떻게 알아
볼 수 있을까. 선분. 이 세상의 선분. 조용히 떨리고 있다.

방 안의 집

　결국 옷은 입어봐야 한다. 나는 입고 온 티셔츠를 벗고 바지를 벗는다. H&M 매장 탈의실 조명 아래 살갗이 드러난다. 조명이 너무 밝은 탓에 어색하고 민망하다. 나는 인중에 맺힌 땀을 손등으로 찍어 말린다. 쇄골 근처에 엉킨 머리카락을 떼어낸다. 매장 안에서는 시간이 아니라 음악이 흐른다. 골라 온 원피스의 지퍼를 열고 머리부터 집어넣는다. 치마가 어느 정도까지 퍼지는지 보고 싶었다. 나는 한 바퀴 빙 돌다가 구석에 있는 거미집을 본다.

　꽤 큰 집이었다. 이렇게 큰 집을 지을 동안 직원이 그대로 두었다는 것이, 손님들이 놀라서 비명을 지르지 않았다는 것이 신기했다. 거미는 집을 나와 벽을 타고 위로, 위로 올라가고 있었다. 나는 피부에 소름이 돋는다. 거울로 소름까지 보인다. 탈의실에 처음 들어왔을 때 못 봤다는 것이 오히려 이상할 지경이었다. 나는 원피스를 입은 채, 입고 온 옷을 손에 들고 탈의실을 빠져나온다. 계산 후에 새 옷을 입고 그대로 집에 갈 생각이다. 직원에게 거미집이 있다고 말하지 않을 생각이다. 오늘은 아무것도 파괴하기 싫다.

사람들이랑 대화를 하다가 딱히 할 말이 없을 때 나는 젊은 나이에 죽은 연예인들을 생각한다. 그들의 초상을 어떻게 그려도 나에게는 다시 백지로 남을 뿐이다. 그들을 어떻게 생각하는지 말해줘. 인형이 인간을 중단하고 떠나간, 인간의 백지, 숨을 곳 없이 밀도가 가득 찬 세상에서.

어떤 소문을 들어도 백지에는 아름다움으로 등록되어 빛난다. 마치 밤하늘의 별처럼. 바람이 불어 인형과 인간이 자리를 바꾼다. 아마 우린 계속 헷갈려 하겠지. 마치 밤하늘의 별처럼.

오일 페인팅

나는 몸을 이불로 돌돌 말고 뜨거운 물을 머그잔에 붓는다. 펄펄 나는 김을 얼마간 쳐다보다 소분해둔 찻잎을 넣고 모래시계를 돌린다. 어제 말을 좀 했어. 조금 많이 했어. 사람들 앞에서 말을 하고 뒤풀이에서 계속 말을 해서 하루 내내 말을 한 꼴이 되었어. 그런데 말을 하면 할수록 속에 남는 말들도 많아졌어. 말이 원래 내 안에 있는 거라면 말을 하면 할수록 안에 남아 있는 게 없어져야 하는 거 아닐까. 갈증에 시달렸지. 아침부터 비가 와. 나는 손을 창밖으로 길게 빼서 비를 만져봐. 이렇게 해도 비를 만질 수 있는데 어렸을 때는 굳이 밖으로 나가 비를 맞고 뛰어다녔다. 따뜻한 차를 마셔도 목소리가 돌아오지 않아.

말을 많이 하고 난 후에는 숙취와 비슷한, 묘한 죄책감이 생겨. 오늘 나는 평소보다 조금 더 작은 목소리로 말을 해. 당신은 잘 알아듣기 위해 나한테 더 가까이 와야 해. 죄책감은 나의 입과 당신의 귀를 더욱 가깝게 만드네. 말이 바깥에 있는 거라면 우리가 이렇게 가까울 필요가 있을까. 귓속말의 처음은 이렇게 생겨났을 것이라고 이상한 확신을 갖는다.

인간이 아닌 것이 인간으로 살아야 한다면 나는 남몰래 자신을 역겨워하는 것부터 가르칠 것이다. 자신도 모르게 자신을 역겨워하고 그것을 잊게 만들 것이다. 고요하고 먹먹한 찻물 같은 표정을 가르칠 것이다.

투명인간을 그리려면 어떻게 해야 할까? 투명인간이 우산을 받치지 않고 이 빗속을 걸어가게 만들 거야. 예술에는 고통이 필요한 법이지. 투명인간이 태어날 때부터 가지고 있던 곱슬머리가 뜨기 시작해. 몇 번이고 몇 시간이고 앉아 있어야 했던 미용실 의자에 더 이상 앉아 있지 않기로 했어. 바람이 불어와 투명한 곱슬머리 사이로 언뜻언뜻 서늘한 새벽 공기 같은 이마가 드러나. 투명인간이 민망해서 손으로 앞머리를 연거푸 누르는 걸 보는 거지. 누가 보지도 못하는데 혼자 그렇게 있는 거라면 참 귀여운 영혼이지.

귀여운 영혼의 왼쪽 볼이 붉게 물들기 시작했다. 오른쪽 볼에서는 여전히 새벽바람이 불어오고 있었다. 투명인

간은 당황한다. 이런 적이 처음이기 때문이다. 언뜻 드러
났던 이마에 짙은 주름이 잡혔다. 재산을 감춘 금고처럼
이마는 굳게 닫혔다. 둥글고 붉게 물든 볼이 허공에 둥둥
떠 있다. 뜨겁게 타고 있으나 불이 붙은 것은 아니고 생기
가 넘쳤으나 먹을 수 있을 것 같진 않다. 나는 투명인간이
너무 오래 힘들어하는 것을 막기 위해 둥근 볼을 따서 주
머니에 넣었다. 투명인간의 얼굴이 순식간에 편안해졌다.
금고는 사라지고 안에 든 재산 역시 마찬가지였다.*

* 존 버거는 유화의 본질적인 특성이 세상을 향해 난 창이라기보다는
벽 안에 소중하게 박아놓은 금고에 더 가깝다고 알려주었다.

홍시와 홍시

끝에 홍시가 매달려 있다.

먹고 싶은가?

손이 더러워질 텐데. 떫을 수도 있어.

홍시가 충고한다.

홍시는 홍시.

그럼 기다릴까? 그러다 썩을 텐데.

홍시에게 시간을 다오.

홍시가 명상할 시간, 다이어트할 시간, 남몰래 주황을 입어볼 시간, 아르바이트할 시간, 시작 전 관람객들을 몰래 훔쳐볼 시간, 미리 복수하는 시간, 발목이 반대로 꺾이는 순간, 참 비참한 시간, 그냥 가만히 있는 시간, 시선의 지문이 묻어 검은 반점이 생길 시간, 실내복으로 갈아입는 시간, 끈으로 단단히 감아두는 시간, 누구도 홍시의 눈을 제대로 들여다보지 않는 시간, 실내복 바깥으로 홍시가 쏙 빠져나오는 시간.

그런 시간을 다오.

촘촘한 격자무늬 그물을 바닥 가까이에 깔았다.
홍시가 언제 떨어지는지 지켜보는 관람객들 한가운데

홍시가 떨어진다.

떨어지고도 터지지 않은 홍시들은 명예의 전당으로 이동한다. 홍시들이 떨어진 경로가 야광 페인트로 표시되어 있다. 야광 수직선이 몇 개 보인다. 내 얼굴에 뭐가 묻었나? 홍시는 궁금하다. 박수를 치던 관람객 하나가 명예의 전당에 들어선 홍시에게 가까이 다가가 속삭인다.

다 잊어버려. 과거는 과거야. 그렇지? 하지만 그게 유일한 ...... 것이지? 그러니까 네 것이지?

홍시는 관람객을 빤히 쳐다본다.

미인이 하는 게임

꿈에서

전쟁을 봤다. 도시가 불에 휩싸이고 피난길이 하나로
좁혀지는 모습을.

나는 사랑하는 것들을 모두 꿈에 집어넣는 습관이 있는
데, 그렇다면 내가 전쟁을 사랑한다는 것일까?

자면서 흘린 눈물은 잠으로 흡수된다. 나는 거울 앞에
가서 부은 눈 주변을 꾹꾹 누른다.

내가 전쟁을 사랑해서?

그래도 아침이니까 나는 뜨거운 커피와 사과 한 알을
가져와 먹는다. 내 커피, 거울 속 커피, 커피 두 잔을 번갈
아 보다가 천천히 커피를 마신다. 꿈에 강물이 불어 피난
길이 막혔다. 커피 두 잔에서 커피가 불어나 흘러넘치는
상상을 한다. 비가 내리는 길목에서 환호성을 지르는 사
람들과 죽을 때 침묵을 다하는 사람들을 봤다.

거울 속 사과를 쳐다본다. 거울 속 뺨을 쳐다본다. 요 며칠 먹은 것이 별로 없는데 거울 속 뺨은 붉고 건강하니 참 이상한 일이지. 나는 내 삶을 들이마시고 점점 혈색이 좋아지는 것 같다.

꿈에서 내가 죽이는 사람이었는지 죽는 사람이었는지 알 수 없었다.

조심히 사과를 들고 한입 베어 물면서 거울 속 사과도 사라지는지 확인한다. 사과를 베어 문 곳에 맑은 사과즙이 고인다. 전쟁에 그토록 가까이 있었는데 어째서 전쟁을 파악할 수 없었을까? 다시 한입. 혹시 거울이 사과를 잊어버렸을까 봐 다시 확인. 사과가 사라지고 혈색이 돌아올 때까지, 거울이 있는 그대로 전쟁을 뱉어낼 때까지.

미인은 자기 얼굴이 싫을 거야*

나야 뛰라니까 뛰는 거지만 연수에게는 나름 목표가 있다.

두번째 전봇대를 지나고 세번째 전봇대를 스칠 즈음, 언덕 꼭대기를 두 발자국 정도 앞두고 숨을 몰아쉰다. 허리를 숙이고 무릎을 굽히지만 완전히 주저앉지는 않을 것. 구부린 무릎에 얼마간의 고요를 매달아 얌전히 손을 올려둘 것.

중요한 대사를 뱉고 싶을 때는 오히려 말소리를 줄일 것이다. 내가 아이였을 때 설핏 잠든 나를 두고 대화를 나누던 부모님의 말소리가 급하게 줄어들 때, 나는 오히려 각성하지 않았던가. '잠든 나'는 더욱 잠들어 있어야 했으며 나의 귀는 어느 때보다 크고 길어졌다. 이 미묘한 연기가 깨질 때 다시 부모님은 화제를 바꾸었고, 살아가면서 그 대화의 의미는 뒤늦게 드러나거나, 상상이 덧붙은 채 중지와 엄지를 맞붙여 만드는 그림자 늑대처럼 과장되거나, 영영 사라진 채 흩어지기도 했다.

나는 다시 언덕 아래로 내려왔다. 허리를 펴고 세번째

전봇대를 지나 절망을 향해 뛴다. 같은 곳에서 같은 절망을 반복하다 보면 이상하게 단순해진다. 절망에 빠진 사람이 이렇게 단순해도 되는 걸까. 입에서는 피 맛이 나고 심장이 터질 것 같아.

남의 인생을 살고 있는 대가를 치르고 있는 것이지. 나는 내 몸속에서 뛰고 있는 심장을 상상한다. 그렇다면 내가 내 인생을 살고 있는 대가는 어떻게 치르고 있는 것일까. 자기 몸에서 뛰고 있는 심장을 직접 볼 수 없잖아.

나는 다시 언덕 아래로 내려왔다. 땀이 쏟아진다. 나는 하트 모양이 심장과 진짜로 닮은 구석이 있는지 생각한다. 땀을 닦아낸 수건을 내려놓는다. 물을 마시며 거울을 들여다본다. 얼굴의 가파른 굴곡을 훑어보다가 코끝에 시선을 모은다. 내가 정말 연수랑 닮았어? 누구한테 묻고 있는지 모르겠다.

＊ 미인을 보고 좋다고들 하지만/미인은 자기 얼굴이 싫을 거야/그렇지 않고야 미인일까(김수영, 「미인」, 『김수영 전집 1─시』, 이영준 엮음, 민음사, 2018).

3부

우회전하면 영화제

화장실 줄이 길다

얼굴이 하얗고 눈이 움푹 파인 여자애가 새로 산 스타킹을 들고 줄 맨 끝에 선다

점심이 지나기 전에 도착해야 하는데 내비게이션이 말을 듣지 않는다
아니 우리가 내비게이션의 말을 들어야 하는데 작동하지 않는다

트럭 뒤로 가서 몰래 갈아 신으면 될 텐데
트럭 뒤는 휴게소에 관심 없는 차들이 지나가고 더 멀리 있는 산뿐이다
결국 여자애는 스타킹을 손에 들고 버스에 올라탄다

어떤 남자들은 자판기 커피를 뽑아 들고 심각한 이야기를 나누고 있다
원하는 만큼 있다고 뭐라 할 곳은 아니지만 항상 원하는 만큼 머물기 어렵다

나는 막걸리를 더 마신다 운전은 내 몫이 아니므로 술
마실 때는 핸드폰을 잘 보지 않는다

생각을 하는 것도 아니고 핸드폰을 하는 것도 아니다
무엇인가 하고 있는 느낌
무언인가 하고 있는 느낌

운전하는 사람이 물만 마시는 게 미안해져 나는 벌떡
일어나 팔을 이끈다

시티 커피

지금 가게 주인의 말이 이해 가지 않는다. 아이스아메리카노를 팔지 않을 수 있지만 아이스아메리카노라는 게 없다고 말하는 것은…… 이상하다. 당장 밖에 나가 조금만 걸어가도 나는 다른 가게를 찾을 수 있을 것이고, 그곳에 아이스아메리카노가 없을 리 없다. 나는 주인의 눈을 쳐다봤다.

사람들에게는 저마다의 무표정이 있다. 누군가는 약간 찡그린 미간이 무표정이고 누군가는 희미한 미소가 무표정인데, 가게 주인은 무표정이 무표정이다. 온갖 표정이 내려앉는 곳.

커피에 대한 철학이 깊은 건가. 하지만 철학과 아이스아메리카노가 무슨 상관일까. 추운 날씨 때문일까? 철학도 상관이 없는데 날씨는 또 무슨 상관이란 말인가. 주인을 쳐다보다가 벽에 붙은 메뉴판을 읽어본다. 정말 아이스아메리카노라는 메뉴가 없다. 아메리카노라는 메뉴도 없다. 이게 그저 장난이 아님을 알았다. 나는 중요한 선이 하나 빠진 설계도를 보듯, 혹은 유출된 기밀문서를 보듯이 메뉴판을 샅샅이 쳐다본다.

주인은 잠시 서 있더니 작은 유리컵에 얼음물을 담아
준다. 나는 유리컵을 들고 단숨에 들이마신다. 얼음만 남
긴 채 유리컵을 내려놓는다. 물이 달다. 갈증이 풀린다.
얼음물에도 돈을 내야 할까 싶어 주인을 쳐다보지만 주인
은 여전히 무표정으로 나를 바라본다. 돈을 내지 않아도
된다고 읽힌다. 같은 무표정인데. 그냥 호의 같은 거라고.
이제 그만 나가라고. 철학이나 날씨 이야기는 나가서 하
라고. 읽힌다.

차가운 바람이 정면으로 불어와 건조한 눈에 눈물이 맺
힌다. 바람이 얼굴에 주름을 만들까? 파도같이 밀려오고
밀려가는 사람들의 얼굴을 쳐다보며 주름을 세어보고 싶
지만 사람들은 너무 빨리 내 곁을 스쳐 지나간다. 가지고
있는 모든 옷을 껴입고 걷는 상상을 한다. 그러려면 나에
게 더 많은 팔과 더 많은 다리가 필요하겠다. 겨울의 골격
은 가지고 있는 모든 옷을 껴입고도 남은 팔과 다리처럼
앙상하다. 겨울이 추워도 패딩 한 벌이면 괜찮겠지. 나는

최대한 웅크린 자세로 걸어간다.

사랑은 금세 삶 쪽으로 쓰러진다. 바닥이 더러운 이유다. 비유가 너절한 이유다. 참, 실망스러운 일이 아닐 수 없다. 그리고 다시 모르게 된다. 그러니 다시 모르게 된다. 누군가 나의 단점을 묻는다면 없다고 말해야 한다.

121분*

계집애, 여자아이, 소녀

언제부터 시작되었는지 가늠하기 어려우니 그저 오래 전이라고 해두자. 오래전부터 소녀의 마음속에는 두려움이 자리 잡고 있었다. 늙음이 영원토록 죽음을 추월한다. 어디로 도망칠 수 있을까. 삶이 죽음의 반대말은 아닌데. 두려움이 비누 거품처럼 계속 부풀어 오른다.

두려움과 영혼은 종종 구별하기 어렵다. 하지만 이상하지. 두려움이 소녀를 풍부하게 만든다. 두려움에 싫증 난다고 영혼까지 내버릴 수 있어?

스페인 독감은 전쟁이 끝날 무렵 시작되었다. 전쟁에서 살아남은 사람이 역병으로 죽어간다. 이해할 수 없다. 에드워드는 침대에 누워 그렇게 생각했다. 역병으로 죽은 사람의 관을 들고 가던 마부가 역병으로 쓰러져 그 자리에서 죽는다. 죽고 싶지 않아. 에드워드는 침대에 누워 그렇게 생각했다. 에드워드의 관은 누가 들어줄까.

소녀는 더 일찍 태어났어야 했다는 생각이 들 때가 있다. 지금의 자신을 만날 수 없을 정도로. 1918년의 죽음. 1918년의 입맞춤. 1918년의 불면. 그를 이해한다. 그를 상상한다. 그를 믿는다. 이해와 상상과 믿음은 다르지만 서로를 서로에게 덮어씌우면서 소녀는 성장한다. 소녀에게 필요한 것이 모두 에드워드에게 있다. 영혼이 알몸을 가려 소녀의 무릎은 멍들지 않는다.

* 2008년 한국에서 개봉한 「트와일라잇」의 러닝타임은 121분이다. 주인공인 17세 소녀 벨라가 뱀파이어인 에드워드를 만나 많은 일을 겪는다.

입 모양을 읽었거든

슬픔이라는 단어만 있는 사전이 있습니다.

슬픔
슬픔
슬픔
슬픔

믿겨지십니까.
슬픔의 해석은 슬픔.

같은 슬픔을 매번 다르게 읽을 수 있습니다. 사는 시간
이 길어지면 자연스레 생기는 재능이라 자랑할 만한 일은
아닙니다. 나에게서 나를 지키고 싶어서 사전을 펼쳤습니
다. 사전을 펼치면 한가득 슬픔이 떨어지고 나는 검지로
슬픔을 찍어 맛을 봅니다. 글자가 흐려지는 동안 조용히
창문이 사라지길 바라면서.

슬픔에 슬픔을 더하고 슬픔을 더해도 겨우 슬픔이라
는 사실을 깨달았습니다. 슬픔은 말짱합니다. 맑은 하늘

같이.

　나는 밤새 나 몰래 나를 지켜달라고 나에게 당부했고

　슬픔은 밤새 슬픔 몰래 슬픔을 지켜달라고 슬픔에게 당부했고

　슬픔이 슬픔을 냉동시킬 때가 있어요.
　언제 녹을지 녹아서 썩을지 모르겠네요.

　틈이 날 때마다 슬픔을 적었습니다. 슬픔이 부족할까봐. 이 사전은 내가 만들었어요.

　어느 날
　슬픔도
　다 떨어집니다.

　슬픔이 다 떨어진 날
　나는 생방송에서 웃고 있었어요.

세트장이 무너졌는데 나도 모르게 피식 웃음이……
나는 녹아서 썩어버렸나요.
잠깐 화가 나다 말았습니다.

마이크를 통해서 웃음소리가 나가는데 그다음 순간에
도 웃음을 막지 못했어요. 죄송하다고 말하면서도 눈물이
나게 웃었습니다.

나는 슬픔의 사전을 꺼내 보고서야 겨우 진정했습니다.
249개의 슬픔까지 읽고 말이죠. 그래도 좀 웃은 거 가지고
다시 사과하라니 너무하지 않습니까? 사람들은 마치 내
웃음이 세트장을 무너지게 만든 것처럼 화를 냈습니다.
하지만 그럴 수 있습니까? 내 입술이 무너짐을……

슬픔
슬픔
슬픔

나는 오늘도 멈추지 않고 읽습니다.

슬픔슬픔슬픔슬픔슬픔슬픔슬픔슬픔슬픔슬픔슬픔

커피를 마시면서 길을 걸어가는데
어떤 남자가 이쪽으로 휘파람을 불었고
모퉁이를 돌며 나도 모르게 중얼거리고
남자는 화가 나서 쫓아와 내 어깨를 강하게 돌려세우고

지나가는 여자를 보고 이상한 기분에
나도 모르게 휘파람을 불었고
여자에게서 등신이라는 입 모양을 똑똑히 읽었고
정신없이 달려가 여자의 어깨를 잡는데
어깨뼈가 손에 닿는 느낌에 소름 끼쳤고

어느 날은 커피를 사러 온 단골과 날씨 이야기를 하는데
지금 들어가야 한다고 다급히 떠나는 뒷모습을
웬일인지 멍하게 쳐다보고

필요한 책이 없어서 내가 쓰고 있어요.

슬픔슬픔슬픔슬픔슬픔슬픔슬픔슬픔슬픔슬픔슬픔

나는 잠이 들고 누군가 들고 가는 커피 속 얼음 부딪치는 소리가 계속 들렸습니다. 일을 길게 하다 보면 세트장이 집처럼 느껴지는 게 아니라 집이 세트장처럼 느껴집니다. 창문이 사라지고 문이 사라지고 다시 창문 생기고 다시 문이 열리고.

마음대로 아름답고 싶은데
슬픔을 뺏겨서 기분이 이상합니다.

나는 고개를 숙입니다. 뒤통수에도 이목구비가 생기는 기분. 다시 고개를 듭니다. 이제 나에게는 어떤 초능력이 생겼습니다. 내 입술은 세트장을 무너지게 할 수 있고 사람을 다치게 할 수 있습니다. 침대에 누워 이불을 덮고 손을 가지런히 모으며 나의 새로운 초능력에 대해서 생각합니다.

다시 슬픔슬픔슬픔슬픔슬픔슬픔슬픔슬픔슬픔슬픔

슬픔을 입안에서 굴려.

서로의 그림자를 밟을 수 있을 정도로 가까워지면 우린
무슨 말을 할 수 있을까요.

그림자가 땅을 끊어버리고 물건들을 조각내는 그때에.

내 입술이 무슨 말을.

일기

고자질하는 것처럼 글을 써
내가 잘만 쓰면 미래가 내 편을 들어줄지도 모르잖아?

미래를 한참 기다리다가 미래가 오늘 안에 오지 않는다
는 것을 알았다
너 기다리다가 을지로에서 양말이 다 젖었다

나는 이수 씨와 함께 눈을 밟고, 밟다가 이상하게 신이
나서 뛰다가
같이 밥을 먹었어 이제 슬슬 잘 준비를 해

한참 쓰다가 미래마저 미워지면 눈물이 나려 한다

눈물이 볼에 닿지 않게 상체를 숙이고 운다
그렇게 울면 눈만 살짝 붓고 마는데 멀리 있는 미래가
보면 우는 줄도 잘 모를 것이다

분화하는 이수 씨, 나는 이수 씨를 감당할 수 없겠지
그래도 난 마음이 떳떳해

그래서 마음이 아파

수면 양말에 발을 집어넣으려다 머리맡에 둔다
선물이 언제 도착할지 누가 알까
그건 이수 씨도 모를 것이다

시선을 내려놓고

아이가 자전거를 타고 지나간다 헬멧을 쓰고 아주 신중
하게
보도블록의 틈새 위를 지나갈 때 바퀴가 작게 튕겨 올
라간다
아이가 어릴수록 보조 바퀴의 숫자는 많아지는 모양이
다 아이는 자전거를 배운 지 얼마 되지 않아 보인다

아이는 잠시 한쪽 발을 땅에 디딘 채 자전거를 멈췄다
땀을 흘려 볼에 달라붙은 머리카락을 손으로 떼어내고
다시 자전거 위에 오른다

아이에게는 자신의 시행착오를 지켜보게 하는 힘이 있다
뒤에서 자전거를 밀어주고 싶게 만드는 것이 아니라
옆에서 조용히 지켜보게 만드는 힘이 있다

공원 너머 도서관에는 최근에 은퇴한 교수가 많은 책을
기증했다고 한다
책을 험하게 보는 편이라서 미안하다는 말과 함께
그가 그었을 희미한 밑줄이 궁금하다

아이가 끌어당긴 시선을 내려놓고
나는 멍하니 나뭇잎을 쳐다본다
장마가 지난 후 도로 하수구에서 거친 물소리가 들린다
물웅덩이에 떠 있는 나뭇잎이 계속 방향을 바꾼다

불현듯 외할아버지가 항상 들고 다니던 검정 수첩이 기억난다
납품 일자가 빼곡하게 적혀 있던 수첩
수첩에 여러 번 접혀 껴 있던 지폐는 내 용돈이었다

나는 지폐가 여러 번의 유통 과정을 겪으려다가 기어코
수첩에 남아 있었다는 걸 안다
유산을 쥐야만 받을 수 있나

공원을 배경으로 나는 점점 뚜렷해지고 있었다

샌드위치 시스템

가게의 먼지를 읽는다 공기를 읽는 것으로는 부족해

나는 눈을 똑바로 뜨고 테이블에 왼쪽 귀를 가져다 붙
인다 허공을 바라보는 것으로는 부족해 먼지가 있는 곳에
내 시선을 수평으로 가져다 둔다

나는 상체를 일으켜 고개를 흔든다 어딘가 이상하다

무엇이 빠진 것인지 혹은 더해진 것인지 알 수 없어

나는 갈변하여 시든 양상추를 샌드위치에서 빼낸다 평
소보다 두껍게 썰린 토마토를 씹다가 말없이 샌드위치를
내려놓는다

한때 서버의 숫자가 열 명에 가까운 적도 있었다 자기
들끼리만 아는 짧은 농담으로 웃음이 터지면 손님들이 흘
깃 쳐다볼 정도로

스파게티를 주문한다 스파게티는 검은색 플라스틱 포
크와 함께 나왔다

전자레인지의 마이크로파는 음식의 입자를 움직여 음식을 데운다 포크의 끝이 스파게티의 열기에 미세하게 쪼그라든 것을 발견한다 포크를 혀끝에 가져다 대보다가 나는 참을 수 없는 기분에 휩싸인다

나는 물 한 잔을 멈추지 않고 들이마신다 여기를 여기가 아니게 만들 것이 필요하다

도박으로 인생을 말할 수 없다. 도박판에 인생이랄 것이 없으니까. 도박으로 인생을 운운하는 것들은 사기꾼이지. 도박에 집중하며 내가 얻은 것이 있다면 그런 선량한 사기꾼들을 알아보는 눈이 생겼다는 것이다. 문을 두드려대는 하인들의 노크 소리에 진절머리를 내는 것이 인생에 마지막 남은 일과라면 나는 과감해질 필요가 있다. 하지만, 하지만 나의 모든 과오는 어찌할 셈인가. 지금 밖에서 문을 두드리는 사람이 하인이 아니라 아들이라면 이야기가 조금 달라지는가. 나는…… 사기꾼이 아니라 중독자가 되기로 한다.

나는 이 가게를 위해서 무엇이라도 하고 싶다 나는 조용히 오래된 중독을 불러본다 내 인생에 아무렇게나 널려 있던 중독이 일어나 묻는다

나?

나는 걷잡을 수 없이 슬퍼진다 주먹 쥔 손등 위로 돋은 핏줄은 파란색인데 피는 왜 파란색이 아닐까 나는 어릴 적 가졌던 의문을 다시 진심으로 고민한다

피는 왜 파란색이 아닐까 눈은 왜 붉게 충혈되는가 붉은 눈에서 떨어지는 눈물은 어째서 투명한가

나는 맥주를 시킨다 스파게티는 버려달라고 정중하게 부탁하고 맥주를 쳐다본다 맥주가 물이 될 때까지 나는 나의 오래된 중독과 마주 앉아 있을 것이다

머리카락은 머리 위의 왕관

벽지는 방 안에 있었던 일을 모두 지켜봤다는 말이 있지
담배 연기가 스며들면 환기를 해도 쉽게 가시지 않는다
페트병 안에 맺힌 물방울이 떨어진다
나는 병을 흔들어 한 모금 마시고 책상 위에 올려둔다

빨랫감이 별로 없어도 아침에는 세탁기를 돌리려고 한다
세탁기 돌아가는 소리를 듣고 있으면 여기가 일상이라
는 느낌이 들어서 좋아

회오리 모양으로 꼬여 있는 빨랫감 사이에서
인형을 꺼낸다
빨래들은 서로를 쉽게 놓아주지 않는다

아이들이 역할 놀이를 하는 것은 미래 연습이 아니다
부모를 꺼내놓고 잠시 휴식을 취하는 것이다
나는 엄마 너는 아빠 하고 내가 밥을 차려놓으면 들어
와 손을 씻고 밥을 먹어
이건 모래이지만 밥이니까

인형은 부드러운 조각
나는 내 속의 인간을 꺼내보기 위해 인형을 샀다

인간을 꺼내놓고 부드럽게 스트레칭을 한다
물구나무를 서면 머리카락은 머리 위의 왕관

어느 시절에는 머리카락을 보이는 것이
흠이었다 그리고 지금도 어떤 곳에서는
피가 빠르게 도는 것 같다

신하들의 충성은 다 어디로 갔는지
아무리 눈을 들여다보아도 보이지 않네
나의 잘못으로 충성이 사라진다면 애초에
그대들에게 충성이란 무엇인가

왕관을 오래 쓰지 못하고 나는 옆으로 쓰러진다

나는 인형을 들어 올린다
왼손은 머리를 잡고 두 발은 오른손에 모아
힘껏 비틀어 물을 뺀다

낯선 거품과 맥주잔

우리 학교는 수학여행을 가도 교복을 입게 했다. 학교 바깥에서도 교복이 아이들을 정렬시켰을 것이다. 혹시 불국사 안에서 길을 잃고 싶은 아이가 있었을까. 교복은 아이들의 이상한 바람들과 싸웠다.

다보탑 앞에서 나는 작았다. 아무리 고개를 꺾어도 다보탑의 꼭대기를 보기 힘들었다. 나는 작았다. 다보탑은 10미터가 넘는단다. 옆 반 선생님은 내 뒤를 지나가며 흘리듯 말했다. 한 번도 내 담임을 맡지 않았던 그 선생님이 기억에서 사라지지 않는다.

나는 11월의 밤하늘에서만 볼 수 있는 별자리가 그려진 엽서를 샀다. 온통 짙은 어둠만 보였지만 가게 주인이 10원짜리 동전을 건네주며 긁어보라고 했다. 스크래치 엽서라 긁어야 별자리가 보인다고 한다. 가게 주인은 동전을 그냥 가지라고 말하며 한쪽 눈을 찡긋거린다. 나는 10원 동전을 쥐고 가게를 나왔다. 나는 조심히 어둠을 긁어 별자리들을 하나씩 드러낸다. 11월의 찬바람이 분다. 손끝이 점점 딱딱하게 굳는 것이 느껴진다. 손이 무뎌지면 도구는 손에서 자꾸 미끄러지기 마련이다. 나는 살면서 두번째로 불국사에 들어간다.

뛰기 싫다. 이상한 우유부단이 필요해. 초조하고 게으른 발걸음으로 다시 다보탑 앞에 섰다. 다보탑은 10미터가 넘는단다. 이번에는 알려주는 사람 없지만 뒤를 돌았다. 나는 뒤를 돈 상태로 걸어가다가 다시 다보탑을 쳐다본다. 10원 동전에 있는 다보탑으로 고개를 떨어뜨렸다. 10원 동전에 있는 다보탑만큼 다보탑이 작아질 때까지 다보탑을 등지고 계속 걸었다. 정말 10원 동전에 있는 다보탑만큼 작아졌는지 확인하려고 마지막으로 고개를 돌렸을 때는 이미 어둠이 내려앉아 꼭대기가 잘 보이지 않았다.

찬바람이 많이 불어 속눈썹에 얇은 살얼음이 낀다. 안으로 들어오니까 살얼음이 녹아 볼을 타고 흘러 나는 손등으로 볼을 닦는다. 맥주를 시키고 완전히 어둠에 잠긴 바깥을 쳐다본다. 기다리는 사람은 없다. 어떤 별도 보이지 않는다. 아까 봤던 가게 주인은 날씨가 좋지 않다고 미안해했다. 나는 깜짝 놀라 그의 탓이 아니라고 말하려 입

을 열었지만 그는 이내 들어오는 다른 손님을 맞이하러
움직였다. 나는 머리만 한 맥주잔을 들어 올려 입에 가져
다 댄다. 낯선 거품이 입에 가득 들어온다.

우유 전구

*

히치콕은 어둠 속에서 우유를 들고 오는 남자를 찍은
적이 있다

남자는 계단을 걸어 올라왔고 얼굴은 내내 그림자 속에
있었지만 우유는
창백하게 빛났다

독이 있을지 없을지 모를 우유를 표현하기 위해 우유에
전구를 넣은 것이다

*

여기 이거 봐 나 문신했어

친구는 티셔츠의 목을 길게 늘어뜨린다

드러난 한쪽 어깨에는 아무런 문신도 없고

우리는 길을 가다 즐겁게 웃는다

꼭 아무런 걱정도 없는 사람들처럼 웃는다
어깨는 이번 여름에 잠시 제외되어서 하얗고 예쁘다

마치 있던 걱정이라도 몰아낼 것처럼 웃는다

웃음이 멈추지 않아서 우리는 계속 웃고
걱정이 잘게 쪼개져 흩어진다

아 그런데 정말 웃음이 멈춰지지 않아서
웃음이 행복을 쥐고 흔들어 깨뜨려버릴 것 같다

*

희고 찬 우유 한 잔을 벌컥벌컥 들이마신다
투명한 컵을 들어 바닥에 남은 동그랗고 흰 원을 수상
하다는 듯 쳐다본다

전구는 보이지 않는다

열대어

길을 걷다가 그냥 지나치지 못하고 또 립스틱을 샀다. 이건 욕심의 문제라기보다는 집에 있는 립스틱들을 잊어버린 것에 가깝다. 그러니까 이건 일종의 재고 조사 실패이다.

길을 걷다가 대뜸 거울을 꺼내 립스틱을 바르는 외계인이 있다면 나는 그를 더 이상 외계인이라고 느끼지 못할 것이다. 지구의 공기가 자신들의 피부와 맞지 않다고 그들이 시위를 벌인다. 나도 끼워달라고 한다. 그들이 내게 묻는다. 너 여기 왜 왔어. 나는 대답한다. 외로워서. 그들이 말한다. 그런 이유로 여기에 들어올 순 없어. 나는 말한다. 뭔가 뻥 뚫린 기분…… 그들이 말한다. 도대체 무슨 생각으로 여기에 온 거야. 나는 말한다. 생각 아니고 외로워서.

나는 팸플릿만 받고 쫓겨났다. 팸플릿을 들고 친구들을 만나러 간다. 친구들이 손에 든 게 뭐냐고 다정하게 묻는다. 나는 말없이 팸플릿을 테이블 위에 놓았다. 친구들이 또 묻는다. 아니 그거 말고 립스틱을 또 샀어? 나는 말없이 팸플릿을 집어 들어 글자를 읽는다. 가게를 나오면서 앉아 있던 테이블을 보면 뭔가 뻥 뚫린 기분…… 와인 잔에 어지럽게 찍혀 있는 립스틱 자국들이 보인다. 와인 잔 가장 윗부분에 돋아난 작은 열대어들을 쳐다본다. 잔의 가장 연약한 곳에 태어난 열대어들이 술집 깊은 어둠 속에 가만히 잠긴다. 술집의 공기를 수상하게 생각하면서.

나는 잠시 와인 잔이 깨지고 열대어들이 풀려나 거리를 확보하는 상상을 한다.

집에 돌아와 화장대 앞에 앉아 143개의 립스틱을 찾아냈다. 하나하나 먼지를 닦아내고 뚜껑을 열어 감상한다. 색과 향을 느낀다. 아직 한 번도 써보지 못한 것도 있다. 똑같아 보이는 립스틱들도 바로 옆에 놓아두면 똑같은 색이 아니라 비슷한 색이었다는 것을 알 수 있다. 나는 믿을 수 없어서 숫자를 다시 세다가 그만둔다. 죽으면 벌 받는 거 아닐까.

나는 오늘 산 립스틱부터 입술에 바르기 시작한다. 내

가 가진 핑크색 중에 가장 탁한 색이다. 잘 어울리는 것 같다. 아, 이런 벌이라면 받을 수도 있겠다. 나는 화장 솜으로 입술을 닦고 또 다른 립스틱을 바른다. 그리고 다시 화장 솜을 집어 들었다. 입술이 부어오르기 시작한다. 또다시, 다시, 다시, 다시……

4부

유령의 집

따라오거나 기다리는 유령을 피하지 말 것
유령을 만나면 놀라서 도망갈 것
어떤 문이라도 열어볼 것
설령 그게 출구가 아니더라도

적산가옥(敵産家屋)*

며칠째 자주 가는 카페가 있다 딱딱한 바게트에 반숙으로 나오는 계란 노른자를 발라 먹고 커피를 마신다 그렇게 한참을 먹고 있으면 오후 햇빛에 슬쩍 낮잠을 자고 싶기도 하다 눈으로는 가습기에서 나오는 수증기가 사라지는 곳을 찾는다 사랑했던 사람들 모두 아버지 옆에 세워두면 아버지는 어딘가 허약해 보였다 아버지는 자신의 허약함을 딱히 변명하지 않는 방식으로 반대했다 입천장이까질 것같이 딱딱한 바게트를 씹는다 딱딱한 것을 이렇게씹어 삼키는 것이 지혜일 텐데 나에게는 아직 그것이 없다 나에게는 그것이 없다

카페에는 내가 항상 보는 두꺼운 책이 있다 2007년부터 2018년까지 초록의 기록을 모은 책이다 인간에게 짧지 않은 시간이겠고 초록에게는 그리 긴 시간 같아 보이지 않는다 '그는 하나님의 운동선수였다. 나는 그가 아직도 얼마나 많은 땅을 나무로 덮을 것인지를 생각해보았다'** 나는 고개를 들어 창밖을 쳐다본다 오늘의 페이지에는 그렇게 씌어져 있다 나는 하루에 한 페이지만 읽기로한다 어제 읽었던 페이지가 기억에 없어도 들춰 보지 않

으며 미리 다음 페이지를 넘기지도 않는다

발코니로 나가 담배에 불을 붙인다 이제는 담배를 태우지 않지만 타고 있는 것을 보고 싶을 때가 있다 바닥이 큰 나사못 네 개로 고정되어 있는 것이 보인다 이곳도 운동장이라면 어떤 초록이 가능할까 나는 건물의 소략한 설계도를 머릿속으로 그려본다 식민지 조선에 들어온 일본인이 지었다는 이곳은 여러 차례 주인이 바뀌었고 지금은 카페가 되었다 발코니는 카페가 된 후에 만들어졌으니 설계도에는 발코니가 없는 것이 맞겠다 나는 머릿속 설계도의 발코니에 큰 엑스 모양을 그린다

소문에 일본인은 여기에 악어를 기를 생각이었다고 한다 정원 구석에 깊이 파인 구덩이가 있다 여기에 늪 같은 연못을 만들 생각이었나 소문이 사실이라면 물과 뭍을 모두 다닐 수 있는 악어 때문에 연못 주위로 담장을 둘러야 했을 것이다 악어의 단단한 피부 사이에 촘촘하게 낀 물이끼가 오후의 햇빛에 말라간다 집에 들인 정성을 보고 있자면 일본인이 꽤 긴 시간 동안 살 작정을 했다는 것을

알 수 있다 나는 구석에 놓인 풍금 앞에 앉는다 유일하게
길게 배운 것이 피아노였다 배우는 것을 그만둘 때 마음
어딘가에서 허전함을 느꼈던 것 역시 피아노였다

　　나는 조용한 흑백영화 같은 건반을 들여다본다 피아노
는 풍금이 아니지만 발에 제대로 힘을 준다면 연주할 수
있을 것 같다 건반 위에 손을 올려놓고 호흡을 정리한다
그런데 누군가의 손이 어깨 위로 올라오고 손을 따라 시
선이 올라가면 주인은 어디선가 타는 냄새가 난다고 도와
달라며 울먹인다 나는 발코니로 뛰어나간다

* 적산(敵産)이란 적국 혹은 적국인의 재산을 뜻하며 적산가옥은 일본
이 제2차 세계대전에서 패하고 물러나면서 국가에 귀속된 재산 가운데
일반에게 파는 것이 허용된 주택을 말한다.
** 장 지오노, 『나무를 심은 사람』, 김경온 옮김, 두레, 2018.

지팡이

몇 년 만에 수영장에 왔다
가만히, 가만히 떠 있었다
물이 멈추고 내가 멈추고
나는 타일들의 투명하게 부푼 꿈

원한 적 없다고 생각했지만
그런 게 있는지조차 모르는 사람이
원한 적이 있었네, 없었네 하는 것들은
모두 나중 뱉은 말일 뿐

나는 정물처럼 가만히 뜬다
이제 어떤 잡신 하나 보이지 않는다

단출한 방 한 칸에
세상을 모두 한 칸에 집어넣는 것
등뼈가 약해지면 지팡이를 들어야지

바깥으로 나오는 순간 물의 층계로 둘러싸인다
몸에서 김이 모락모락 피어난다

소파 오페라

집에서 가장 비싼 가구는 거실에 있는 소파이다. 소파에서 잘 때도 있고 밥도 먹기 때문에 나는 큰돈을 썼다. 비 오는 소리가 들린다. 몸의 반은 소파에 반은 소파의 바깥에 둔다. 소파의 팔걸이가 부드러운 탄력감으로 허리를 떠받치고 있다. 오늘 자 피아노 리사이틀을 예매했는데 비가 온다. 예술은 예매할 때 잠깐 반짝거린다.

소파와 나의 허리가 이루는 기이하고 편한 각도를 유지하며 몸에 힘을 더욱 뺀다.

나는 눈을 떠 불빛과 빗방울이 어지럽게 번진 유리창을 쳐다본다. 그 자체로 어떤 회화 같다고 생각한다. 백 년 전에 몸으로 완벽한 원을 그리는 요기가 살았다는 이야기를 들은 적 있다. 그런 이야기를 들으면 디자인과 광기가 구별 가지 않는다. 완벽한 원을 그렸다고? 정말 이상한 이야기이다.

나는 눈을 감고 숨을 들이마시고
다시 내쉰다.

호흡으로 몸에 닻을 내린다.

견갑골을 더욱 가깝게 만들고 숨을 내쉴 때 갈비뼈의 움직임을 느낀다.

닻을 내린다……

나는 이 말이 위험하게 들린다. 닻은 배를 정박시키기 위해 무겁게 만들어지기 때문이다.

닻을 내리는 건 닻의 추락이 아니라는 걸 아는 사람만 닻을 내린다.

명상으로 나는 생애 내내 울리는 음악의 볼륨을 줄인다. 음악은 멈출 수 없고 다만 줄일 수 있다.

이제 밖으로 나가야 한다. 내내 듣고 있어 더 들을 수 없는 음악을 눈으로 보려고. 내가 사랑하는 피아니스트의 손가락을 보려고. 검은 건반 뚜껑에 반사되는 부단히 움직이는 손가락을.

건반을 누르는 손가락의 통증은 피아니스트에게 언제 도착하게 될까. 치열하게 두드리는 일이 나에게는 그저 가볍게 미끄러지는 것처럼 보이는 것이 미안하지 않다.

사라진 대표님

1

입사한 건 반년 전이다. 아침에 이유도 없이 불길한 느낌이 들었다. 하나의 정확한 이유가 있었다면 불쾌한 느낌이라고 했을 것이다. 이유를 대려면야 수많은 이유를 댈 수 있어서 오히려 이유가 없다고 말해야 한다. 이런 기분을 품고 그냥 사는 일에도 상당한 각오가 필요하다.

하지만 이렇게 살지 않는 일에도 각오가 필요하다. 주먹을 쥔다. 대표님은 작년 겨울에 제주도로 내려가셨다고 한다. 마치 그 증거처럼 전복이 든 아이스박스를 회사로 보냈고 직원들은 나눠 가졌다. 혹시 대표님은 이렇게 살지 않으려고 떠난 것 아닐까. 난 요리를 할 줄 몰라서 내 몫을 포기했었다. 실은 전복 껍데기를 어떻게 버려야 하는지도 잘 모른다. 무엇보다 나는 대표님을 모른다. 누군들 대표님을 잘 안다고 하겠냐만은 내 말은 얼굴을 직접 보지 못했다는 뜻이다.

2

대표님의 실물을 모르는 직원이 나 말고 한 명 더 있다. 나는 그녀에게 다가가 조심스럽게 대표님이 제주도로 내려가신 게 맞느냐고 물었다. 그녀는 그래도 월급은 밀리지 않는다고 말한다. 하긴 그게 중요하지. 대표가 있으나 없으나 월급이 밀리지 않는다면, 차라리 없는 게 낫지 않으냐고 되묻는다. 하긴 그게 중요하지.

그러니 서류의 대표님 사인란은 항상 공란으로 비어 있다. 나에게 대표님은 하얗고 조그마한 네모 모양으로 존재한다. 내가 그녀에게 대표님에 대해서 이것저것 물어본 후 내가 대표님의 가족이라는 소문이 돌았다. 가족이라는 것을 감추기 위해 혹은 대표님에게 전하기 위해 직원들을 떠보고 다닌다는 것이다. 어느 순간 나는 대표님의 낙하산이 되어 있었다.

3

반쯤은 불편하고 반쯤은 우쭐한 기분이 드는 투명한 거
품 속에 갇혀 있다.

4

출근을 하니 감귤 세 박스가 택배로 도착했다. 대표님
은 감귤 농장을 하나 인수해서 귤을 따신다고 한다. 귤은
당이 높아서 하루에 세 개 이상 먹지 않는 것이 좋다. 하
지만 나는 정말 귤을 좋아한다. 회사 내에서 개인 난방 기
구는 사용이 금지되어 있지만 이렇게 혼자서 야근을 하는
날엔 발밑에 전기스토브를 켜둔다. 다른 사람들도 그렇게
하는 것 같다. 부러진 규칙이다.

하루에 세 개라고? 귤이 없으면 모를까 있는 귤을 참기
란 너무 힘들다. 나는 일어나 박스 앞에 쭈그려 앉는다. 손
을 뻗는 순간 나는 동작을 멈췄다. 손이 노란색이었다. 옷
을 걷어 올려 팔을 확인해보았다. 역시 노란색이었다. 다
시 일어나 내 자리로 돌아가 거울을 꺼냈다. 얼굴도 노랗
게 변해 있었다. 오늘 저녁 대신 계속 먹은 귤 때문인 것
같았다. 나는 귤 인간이 되었다.

5

나는 조심스럽게 회의실 모서리에 있는 CCTV 아래에
섰다. 어둠 속에서 더 어두운 렌즈를 바라본다. 렌즈의 어
둠은 회의실의 어둠보다 훨씬 뚜렷하고 도도하다. 어떤
노랫소리가 들린다. 누구지? 나 말고 더 있나? 주변을 휙
휙 둘러본다. 나도 모르게 손에 힘이 들어간다. 렌즈의 어
둠 속에서 작고 붉은 불빛이 켜진다. 저건 눈인가? 귀인
가? 이빨인가? 머리카락인가? 심장인가?

6

대표님, 제주도는 바람이 많이 부나요? 저, 저는 지금 되게 기뻐요. 어떻게 공백과 일치하겠어요. 그런 생각이 드네요. 오늘 처음 떠올린 문장이지만 마치 태어날 때부터 알고 있었다는 듯 고개를 끄덕거리게 되네요. 눈이라면 눈 맞춤을 귀라면 귓속말을 하겠고 이빨이라면 먹잇감이 되고 머리카락이라면 빗어줄 것이며 심장이라면 먼 박동이 되겠죠. 제가 어떻게 공백이 아니겠어요. 대표님, 저는 이제 어떤 일치를 기다리지 않아요. 저 기뻐요. 정말 기뻐요. 기뻐서, 막, 뛰고 싶어요.

모르는 엉덩이

내 손이 내 머리를 때리면 진심으로 기분이 나쁘지 않
듯 자책은 어느 순간에 생겨 어딘가에 도달하지 않는다

아이가 품에서 인형을 놓지 않으면 우선은 함께 저울에
올리고 나중에 인형 무게를 따로 잰다
자면서도 인형을 품에서 놓지 않는 아이가 방심한 틈을
타서 살짝

인형이 다시 품으로 돌아올 때 아이는 인형을 잠시 뺏
겼다는 것을 알게 된다

살 것 같다는 느낌이 드는 순간 그동안 죽어 있었다는
것도 함께 느낀다

인형을 다시 품에 안고 내내 앉아 있으면 이 무게 없는
무게가 어디서 왔는지 알 수 없다
마음 바깥에 있는 마음이 힘없이 품에 안겨 있다

그 자리에서 나무가 자라고 바람이 불고 바람에 알 수

없는 꽃향기 실리고 벤치가 생겨서 모르는 사람들이 앉고 모르는 사람들이 모르는 이야기를 계속하고 엿듣고 있으면 이상하게 아는 이야기 같고 이야기 갑자기 끊기고 그러다가 모르는 사람들이 엉덩이 툭툭 털고 걸어간다 엉덩이는 상상에 눌어붙은 현실이다 멀어져가는 엉덩이를 한참 쳐다보고

  아이가 직접 빈터로 걸어 들어갔을 때 발걸음 소리가 크게 울린다

손을 들어서

나는 내가 항상 두번째 생을 산다고 생각해

어떤 일은 전생같이 느껴지고 어떤 일은 내 다음 생에
서 일어날 것같이 느껴지니까

너무 아프면 손 드세요
다정한 안내가 들리지만 손을 많이 들면 엄살이 심하다
고 여길까 봐
나는 그냥 손깍지를 끼고 참는다
그러니까 손은 기껏해야 한 번 들 수 있는 것이다

마취를 하고 누워 있으면 치과 창밖에 구름이 흘러간다
구름이 하얗고 넓어서 공책 같다고 생각한다
뭐라도 쓰고 싶네

두번째 생에서
손은 많아봐야 한 번만 들 수 있다. 엄살이 심하다는 소
리를 들을 수 있으니.

눈에는 아주 작은 눈물 한 방울 고이지만
흐르지 않는다.

다음 생에는 사랑니가 없는 게 좋겠다 눈을 꼭 감으면
사랑니가 없는 다음 생의 내가 걸어간다 얼굴은 조금 더
까맣고 머리를 늘어뜨리고 화장을 전혀 하지 않고 이국의
시장에서 신중하게 오렌지를 고르는 모습을

오렌지도 이를 썩게 할까?

눈을 뜨면 눈에 보이는 것은 없고 정밀하고 날카로운 기
계들이 내는 웅웅거리는 소리가 들린다 다시 눈을 감는다

신중하게 오렌지를 골라 담고 다시 사랑니가 없는 다음
생의 내가 걸어간다 걷는 나를 멈춰 세우려면 어떻게 해
야 하나 작지만 아름다운 성당이 네 오른쪽에 있어 너는
걸음을 멈춘다 긴 의자에 앉아볼 수도 있을 거야 바람이
세게 불어 먼지가 눈에 들어갈 수도 있다 시장에서 죽은
친구와 지나치게 닮은 사람을 발견하고 그 자리에서 땅이

갈라진 듯 멈췄을 수도 있지

  그제서야 너는 나를 어렴풋이 느껴

  나는 너에게 손 들기를 양보한다 손 드는 건 한 번뿐이
니까.

  손 들기를 미룬다 부탁한다 요구한다 상상한다
  오렌지를 자르면 오렌지 향이 나고 오렌지의 단면은 오
렌지의 세계
  오렌지의 심상함 오렌지의 비명
  오렌지의 끝

  너는 한 조각을 잘라 먹는다 입속에서 오렌지가 열린다

오렌지 절벽

입에서 오렌지가 열린다

오렌지가 이를 썩게 할까?

닮은 사람을 보고
죽은 사람이 죽었다는 걸 다시 이해한다

죽은 사람이 죽었다는 걸 이해하려면
죽은 사람이 원래는 살아 있었다는 것부터 다시 생각해
야 한다

언제 났는지 모를 새치를 뽑아 책상 위에 올려두고 뚫
어지게 쳐다본다
뚫어지게 쳐다본다고 해서 검은 머리로 바뀌는 것도 아
닌데

조심스럽게 투명 테이프를 뜯어 새치를 고정시킨다
아무리 조심스럽게 뜯어도 투명 테이프 구석에 지문이
묻는다

그러니까 사람은 투명 테이프를 투명하게 붙이기도 어렵구나

기다린다
나는 내심 친구가 자신의 불멸에 대해서 이야기해주길 기다린다
그렇게만 해준다면 그의 성실한 학생이 될 것이다
손 한번 들지 않고 열심히 필기할 것이다

설탕물

침대에 누워 있다 베개도 없이 잠깐이지만 아주 깊은
잠을
목과 어깨의 각도에는 그리움이 쌓여 있다

무서운 꿈을 꾸었을까
아니 꿈을 꾼 게 아니고

내 몸은 꿈을 그저 버텼어

꿈이 펼쳐지지 않게 내내 몸으로 서서 막았지

꿈의 칼날이 쏟아졌는데

아프진 않았으나 조금 무서웠지

내 꿈은 내가 없었다면 마음껏 펼쳐졌을 텐데

파자마 밖으로 빠져나온 손가락을 하나하나 천천히 움
직여본다

물을 마시면 나아질까
주먹을 쥐었다 폈다가

고개를 움직일수록

아 나의 그리움이 그리움이 흩어지네

팔 수 있으면 팔아보려고 했는데 그것마저 쉽지 않아

아무래도 물을 좀 마시는 게 낫지 않을까

아니 아주 납작해져야겠다

사격 후 날아서 오는 종이 좌표처럼 구멍 뚫리고 납작
하게

납작한 내가 방 안을 빙글빙글

공원을 두 쪽으로 찢어버린 길을 따라서 알 수 없는 바위와 이유 있는 동상을 지나서

어렸을 때 본 소설에 죽어가던 사람에게 설탕물을 먹이는 아이가 나온다 여기 있고 싶어 아이는 아마 눈빛에서 그런 걸 읽었겠지 죽어가던 사람의 눈동자에 고이는 진흙을 보며 저건 눈물일까 죽음일까 고민할 새도 없이 아이는 호주머니에서 작은 통을 꺼낸다

마지막 한 방울마저 모두 그의 입술 사이로 흘러들어가는 순간 진흙이 자신이라는 것을 알게 된다 아이는 통을 그대로 그의 뺨에 가져다 대 흐르는 눈물을 받아낸다

내 오른팔로 내 오른팔을 만질 수 없는데
천천히 계속 돌면 얼핏 오른팔이 오른팔을 만진 것 같기도 해

직접 해보면 설탕을 녹이는 일이 생각보다 쉽지 않다는 걸 알게 된다

밑에 가라앉는 알갱이를 계속 저으면서

나는 여기 있고 싶어 여기 있고 싶어 중얼거린다

놀이터

엄마랑 아이가 덩그러니 놀이터에 앉아 있다

엄마 나는 백 살 넘게 살 수 있대. 나는 백 살 넘게 살 거야.

아이는 미끄럼틀을 타고 내려와 불현듯 손가락 열 개를 모두 펴 보인다

작은 주먹이 허공에서 불꽃처럼 손바닥으로 터진다

엄마는 그네에 앉아 불꽃놀이를 보려는 사람처럼 눈을 깜빡하지 않는다
미끄럼틀이 움직이지 않으면서 아이를 빠르게 이동시키는 것을 본다

다 살지도 않았는데 시간이 주마등처럼 흘러간다
아무리 말해도 아이는 눈을 뜨면 구멍이 뚫린 슬리퍼를 신고 달려 나간다

슬리퍼를 신은 채 넘어지면 더 심하게 다친다 아이가
현관을 넘을 때마다 엄마는 마음이 철렁 내려앉는다 마음
이 마음대로 되지 않아서 몸을 일으켜 뒤따라 나온다

놀이터에는 정지된 운동들이 땅에 뿌리를 박고 있다

정글 숲을 지나서 엉금엉금 기어가서 늪지대가 나타나
면은 악어 떼가 나온다
악어 떼가 나오면
악어 떼! 하고 외치며 눈을 최대한 크게 뜨고 서로를 놀
라게 해야 한다
악어의 힘, 악어가 입을 다무는 힘, 다문 입 속의 소용돌
이가 악어 떼!와 함께 침묵에 잠긴다

아이의 펼쳐진 손바닥과 악어의 굳게 다문 입은 서로에
게 뚫려 있다

주공아파트

집은 어디에 있을까.

지금 살고 있는 집은 꿈에 나오지 않는다.

꿈에서 놀다가 피곤하면 아직도 한숨이 나온다. 엄마는
어디 간 걸까……

긴 복도를 한참 걷는다.
걸을 때마다 명찰과 열쇠가 부딪치는 소리가 들린다.
이웃을 만나면 인사를 해야 한다.

엄마는 정말 어디 간 걸까.

괜히 냉장고 주변을 서성거린다.

나는 방에 들어가 양말을 벗고 이불을 덮는다.

피곤해서 자꾸 한숨이 나온다. 나는 언제까지 자라지
않을까.

누군가의 꿈속에 이렇게 오래 갇혀 있어야 하나.

하루보다 긴 일기

언제든 불을 켜서 어둠을 내쫓을 수 있으니 당장은 불을 켜지 않는다.

이 어둠을 그대로 둔다. 나는 어둠을 옹호하는 게 아니라 이미 밝은 곳이 더 밝기 어렵다는 것을 알게 된 것뿐이다.

한곳에 모아둔 컵과 접시를 들고 설거지를 한다. 물소리가 듣기 좋다. 고무장갑을 걸쳐두고 다시 자리에 앉으면 똑똑똑 물 떨어지는 소리 들리고. 모두들 나에게 리듬을 맞춰줬으면 해. 금방 싫증을 내는 성격에 잘하는 악기 하나 없는 것이 항상 아쉽다. 그렇지만 나의 어린 외로움이 어디선가 일을 꾸미고 있을지도 모르지? 나는 확신 없이 즐겁다.

설거지를 하다 고무장갑 속에서 반지가 제자리에서 빙그르르 돈다. 주먹을 꽉 쥐면 검지와 반지 사이에 난 작은 틈이 생기고 부러 그 틈으로 아까보다 조금 더 어두워진 집을 지켜본다. 편의점에서 맥주 살 때 신분증 검사를 하면 기분이 좋으면서 젊은 시인이라는 말에는 어쩐지 어색해진다. 나에게는 이미 사라진 내가 있다. 아무리 해도 그보다 내가 젊을 수는 없는 노릇인데 내가 젊다고 할 수 있을까.

나는 이렇게 말할 수 있다. 태양 아래서 나는 네 편이야. 너는 무심하게 내 마음을 밟고 지나가. 행성들을 모아 모래성을 지어줄게. 난 널 안타까워하지 않아. 우린 결코 같은 편이 아니지. 그렇지만 난 그저 네 편이야.

나는 최대한 참을 수 있을 만큼 참다가 불을 켠다. 나는 이곳을 단번에 밝게 만든다.

일기에 한 문장을 적어도 하루보다 길다. 내가 젊은 것이 아니라 써야 할 일기가 너무 긴 탓이다.

편의점에서 맥주를 살 수는 있지만, 맥주를 마시려면 편의점 바깥으로 나와야 한다.

어른의 성장통

김영임
(문학평론가)

　이다희의 두번째 시집은 곡식과 수확의 여신 데메테르의 딸인 페르세포네와 함께 시작한다(「입춘(立春)」). 명계(冥界)의 왕 하데스에게 납치된 딸이 지상으로 귀환하기를 원하는 데메테르와 저승의 음식인 석류알을 몰래 먹이면서까지 페르세포네를 보내지 않으려는 하데스를 동시에 만족시키기 위해 제우스는 중재안을 내놓는다. 그녀가 1년 중 일부를 어머니와 보내고 나머지 시간은 하데스와 저승에서 보낸다는 계약이다. 페르세포네가 어머니 데메테르와 함께 머무는 때가 바로 대지의 생명이 살아나는 풍요와 수확의 계절이라면, 명계에 있는 동안은 대지가 잠드는 겨울이 된다는 것이 고대 그리스인들의 믿음이었다. 딸을 향한 애틋한 모정 또는 어머니를 벗어나려는 딸의 성장 서사, 아니면 납치와 감금을 사랑의 형태로 엮는 남성 신들의 행태 등 이 신화는 각자의 입장에 의해 다양하게 읽힌다. 그러나 무엇보다 궁금한 것은 페르세포네의 마음이다. 데메테르와 하데스를, 더 나아가 대지의 생명과 신들의 질서를 만족시키는 계약의 내용에는 정작 그녀의 마음이 어떠했는지를 짐작하게 하는 부분이 없다. 그녀는 슬픔에 휩싸인 어머니를 위로하면서 행복했을까, 아니면 자신을 납치한 자와의 로맨스 속에 명계의 여신으로서 엄청난 부와 권력을 누리면서 만족했을까. 이 모두가 정답일 수도 있지만, 혹시 그녀는 끊임없이 불안하고 매 순간 슬픈 것은 아니었을까. 어디에도 정착하지 못하는 데서 오는 불안과 상실, 떠나온 곳에 남아 있을 또 하나의 자기 정체성을 향한 미련, 부재의 시간 속에 지워진 자기 존재와의 마주침. 어쩌면 그녀는 풍요와 저승이라는 모순된 정체성을 오가는 혼돈 속에서 자신이 누구인지 지속적으로 질문했을 것이다. 내게 이다희의 시적 화자들은 이처럼 읽혔다. 수도 없이 오갔을 지상과 명계의 틈새 앞에서 매번 아쉬움과 망설임으로 주저앉으면서도 그 여정 안에서 성장해나갔을 페르세포네처럼 이다희의 시적 화자들 역시 현실과 상상의 경계에서 불안하고 외롭게 멈춰 서 있으면서도 자신만의 방식으로 타협과 충돌의 과정을 통과하며 성장해가는 존재들로 다가왔다.

Take 1: 담뱃불과 "막걸리"

앞선 시 「입춘(立春)」에서 페르세포네의 이야기는 "차를 멈추어 겨울용 타이어로 바꾸고, 사람들이 천천히 걷는 것을" 보는 장면에서 출발한다. 대설주의보를 발효시킨 "눈" 때문에 "사람보다 차가 더 천천히" 가며 세상의 "속도와 질감이 바뀐다.//갑작스레 많이 내린 눈은 인간의 질서를 바꾼다". 페르세포네가 사라진 눈 내린 세상은 "허공에 멈춰버린 아침의 입김"을 닮은 "얼음꽃"처럼 공동(空洞)에 갇히지만, "언제 그랬냐는 듯" 눈은 녹게 마련이다. "작고 마른 꽃 주변에 얼음이 맺히면 꽃이 무너져도 얼음꽃은 얼마간 자신을 유지"할 수 있지만, 그 순간은 사실 찰나에 불과하다. 하지만 얼어 있는 그 짧은 순간의 세상은 하찮으면서도 얼마나 아름다운가. 세상을 얼음꽃 안에 얼린 것처럼 만드는 눈은 일상을 시적 공간으로 만드는 일종의 장치다. 이다희는 마치 무비 슬레이트처럼 일상을 시적 공간으로 변모시키는 이미지를 시의 곳곳에 마련한다. 삶은 갑자기 시가 되고 시는 돌연 일상과 연결된다.

　발코니로 나가 담배에 불을 붙인다 이제는 담배를 태우지 않지만 타고 있는 것을 보고 싶을 때가 있다 바닥이 큰 나사못 네 개로 고정되어 있는 것이 보인다 이곳도 운동장이라면 어떤 초록이 가능할까 나는 건물의 소

략한 설계도를 머릿속으로 그려본다 […]

    소문에 일본인은 여기에 악어를 기를 생각이었다고
한다 정원 구석에 깊이 파인 구덩이가 있다 여기에 늪
같은 연못을 만들 생각이었나 소문이 사실이라면 물과
뭍을 모두 다닐 수 있는 악어 때문에 연못 주위로 담장
을 둘러야 했을 것이다 악어의 단단한 피부 사이에 촘
촘하게 낀 물이끼가 오후의 햇빛에 말라간다 집에 들인
정성을 보고 있자면 일본인이 꽤 긴 시간 동안 살 작정
을 했다는 것을 알 수 있다 나는 구석에 놓인 풍금 앞에
앉는다 유일하게 길게 배운 것이 피아노였다 배우는 것
을 그만둘 때 마음 어딘가에서 허전함을 느꼈던 것 역
시 피아노였다

    나는 조용한 흑백영화 같은 건반을 들여다본다 피아
노는 풍금이 아니지만 발에 제대로 힘을 준다면 연주
할 수 있을 것 같다 건반 위에 손을 올려놓고 호흡을 정
리한다 그런데 누군가의 손이 어깨 위로 올라오고 손을
따라 시선이 올라가면 주인은 어디선가 타는 냄새가 난
다고 도와달라며 울먹인다 나는 발코니로 뛰어나간다
                        —「적산가옥(敵産家屋)」 부분

이다희의 첫 시집 『시 창작 스터디』(문학동네, 2020)에

대해 짧은 글을 쓴 적이 있다.¹ 첫 시집을 읽으면서 내가 선택한 주제어는 '산문시'와 '일상성'이었다. 사람과 사람 사이에 미묘하게 작동하는 불편함을 예민하게 재현한 「시 창작 스터디」나 사회적 시선에 내재된 폭력을 감당하기 위해 과장된 방어막을 내세울 수밖에 없는 여성 화자의 목소리를 담아낸 「트렁크」와 같은 산문시에서 일상을 유 쾌하게 다루면서도 무게감 있는 메시지를 담아내는 시인 의 발랄한 재능이 빛났다. 이번 시집 역시 일상을 살아가 는 평범한 시적 화자를 내세운 산문 형식의 시가 다수 실 려 있다. 그중 몇 편에서 눈에 띄었던 갑작스러운 종결은 지난 시집의 유머를 떠올리게 한다. 「적산가옥(敵産家屋)」 의 화자는 카페로 개조된 적산가옥에서 보내는 평범한 오 후의 햇살 속에서 "아버지"를 떠올린다. 「입춘(立春)」에서 "눈"이 "속도와 질감"을 변화시킨 것처럼, "가습기에서 나오는 수증기가 사라지는 곳"에서 "자신의 허약함을 딱 히 변명하지 않는 방식으로 반대했"던 아버지에 대한 기 억이 이어진다. 그러다 "발코니로 나가 담배에 불을 붙"이 는 시적 화자의 행위는 영화의 장면 순서를 기록하기 위 한 무비 슬레이트와 같은 효과를 발휘한다. 자, 이제 화자 와 함께 적산가옥을 둘러보자. 화자의 시선 안에서 적산

---

1 김영임, 「유쾌하고 아름답고 슬프고— 이다희론」, 『문학과사회 하이 픈』 2021년 봄호.

가옥의 설계도가 펼쳐진다. 발코니를 둘러보고 정원을 내려다보는 과정을 따라, 적산가옥에 흘렀던 시간의 내용과 공간에 얽힌 이야기들을 상상해내는 시적 화자의 시선에 몰입하면, 마치 한 번도 그곳에 존재하지 않았던 "악어의 단단한 피부 사이에 촘촘하게 낀 물이끼가 오후의 햇빛에 말라"가는 것을 보고 있는 듯하다. 그러다 막 시적 화자의 풍금 연주를 들으려는 순간 잠이 깬 것처럼 시의 장면에서 풀려난다. "누군가의 손이 어깨 위로 올라오고 손을 따라 시선이 올라가면 주인은 어디선가 타는 냄새가 난다고 도와달라며 울먹인다 나는 발코니로 뛰어나간다". 적산가옥 투어는 다시 발코니의 담뱃불로 막을 내린다. 역사적인 평가와는 별개로, 적산가옥이라는 특수한 공간에 내재한 오라를 마치 눈에 잡힐 듯이 그려내는 상상적 스케치는 그것대로 읽는 재미를 주지만, "발코니로 뛰어나"가는 시적 화자의 행동에서 "발코니로 나가 담배에 불을 붙"였다는 것을 기억해낸 독자는 시의 장면에서 풀려났다고 생각하지만, 여전히 그 안에 잡혀 있게 된다. 시가 끝나고도 이어지는 서사를 상상하게 하는, 시적 시공간의 연장이 꽤 유쾌하게 다가왔다(단, 큰 화재가 아닐 거라는 자의적인 해석은 필수다). 「우회전하면 영화제」역시 유사한 구조를 취한다. 시적 화자는 고속도로 휴게소에서 스타킹을 손에 쥔 한 여자애를 관찰한다. 화장실 줄이 길어 스타킹을 갈아 신는 일이 여의치 않아 보이자, 화자는 "트럭 뒤로 가서 몰래 갈아 신으면 될” 것이라고 하지만, “얼굴이 하얗고 눈이 움푹 파인 여자애”에게는 엄두도 못 낼 일이다. 막걸리를 마시며 휴게소의 모습을 훑어내리는 상황은 갑작스럽게 다음의 문장으로 종결된다. “운전하는 사람이 물만 마시는 게 미안해져 나는 벌떡 일어나 팔을 이끈다”. 과연 운전하는 사람은 막걸리를 마셨을까? 아니면 둘은 다른 휴게소 음식을 먹으러 나섰을까? 이도 저도 아닌 채 휴게소를 떠났을 수도 있겠다. 시가 끝나고도 여전히 이어지며, 남은 서사의 내용을 독자에게 구성하도록 맡기는 이다희의 시적 전략은 당혹스러운 동시에 즐겁다.

Take 2: “아이스아메리카노”와 여름 헤엄

어쩌면 엉뚱해 보이기도 하는 화자들은 첫 시집의 발랄함을 담은 채, 좀더 성숙한 인간이 되었다. 화자들의 시선에 포착된 삶과 세상은 더 무의미해졌고, 그 안에서 그들은 더 위태롭고 외롭다.

　　지금 가게 주인의 말이 이해 가지 않는다. 아이스아메리카노를 팔지 않을 수 있지만 아이스아메리카노라는 게 없다고 말하는 것은…… 이상하다. 당장 밖에 나가 조금만 걸어가도 나는 다른 가게를 찾을 수 있을 것이고, 그곳에 아이스아메리카노가 없을 리 없다. 나는 주인의 눈을 쳐다봤다.

사람들에게는 저마다의 무표정이 있다. 누군가는 약간 찡그린 미간이 무표정이고 누군가는 희미한 미소가 무표정인데, 가게 주인은 무표정이 무표정이다. 온갖 표정이 내려앉는 곳.

[……]

주인은 잠시 서 있더니 작은 유리컵에 얼음물을 담아준다. 나는 유리컵을 들고 단숨에 들이마신다. 얼음만 남긴 채 유리컵을 내려놓는다. 물이 달다. 갈증이 풀린다. 얼음물에도 돈을 내야 할까 싶어 주인을 쳐다보지만 주인은 여전히 무표정으로 나를 바라본다. 돈을 내지 않아도 된다고 읽힌다. 같은 무표정인데. 그냥 호의 같은 거라고. 이제 그만 나가라고. 철학이나 날씨 이야기는 나가서 하라고. 읽힌다.

차가운 바람이 정면으로 불어와 건조한 눈에 눈물이 맺힌다. 바람이 얼굴에 주름을 만들까? [……] 겨울의 골격은 가지고 있는 모든 옷을 껴입고도 남은 팔과 다리처럼 앙상하다. 겨울이 추워도 패딩 한 벌이면 괜찮겠지. 나는 최대한 웅크린 자세로 걸어간다.

　사랑은 금세 삶 쪽으로 쓰러진다. 바닥이 더러운 이
유다. 비유가 너절한 이유다. 참, 실망스러운 일이 아닐
수 없다. 그리고 다시 모르게 된다. 그러니 다시 모르
게 된다. 누군가 나의 단점을 묻는다면 없다고 말해야
한다.

──「시티 커피」 부분

　"아이스아메리카노라는 게 없다고 말하는" 주인의 대
답에 당황함을 감출 수 없는 시적 화자가 내면의 독백을
쏟아낸다. 고백하자면 이 시를 읽으면서 나는 어린 시절
의 한 장면을 떠올렸다. 아메리카노와는 아무런 상관이
없는, 혼자 동네 공중목욕탕을 간 날에 있었던 일이다. 목
욕탕으로 들어서는 내게 처음 보는 카운터 직원이 이 집
에 초상이 나서 오늘 영업을 할 수 없다는 것이었다. 순
간 잠시 머뭇거리다가 내가 뱉은 말은 "왜요?"였다. 정말
꼭 목욕을 하고 싶어서도 아니고, 초상과 영업이 무슨 상
관이냐고 따져 묻고 싶은 것도 아니었다. 내가 예상했던
흐름이 무산되고, 누군가의 부고를 전달받게 된 상황에
서 어떤 말을 해야 할지를 알지 못해 무심결에 뱉은, 무모
한 한마디였다. 카운터에 서 있던 직원은 "가게 주인"처
럼 "무표정"이었다. "온갖 표정이 내려앉"은 무표정. 그때

집으로 돌아오는 길에 나도 시적 화자와 비슷한 심정이지 않았을까? "차가운 바람이 정면으로 불어와 건조한 눈에 눈물이 맺힌" 것처럼, 그날 나는 이유 없이 서러웠다. 나의 말실수 때문이기도 했지만, 낯선 이의 부고를 듣는 당혹감 또는 오가며 얼굴을 봤을 수도 있는 목욕탕 식구 중 누군가 죽었을지 모른다는 불안한 예감이 뒤섞였을 것이다. "아이스아메리카노라는 게 없다"라는 가게 주인의 대답 이후에 시적 화자와 주인 사이에는 대화가 없다. 하지만 주인의 "무표정"과 화자의 시선 교환을 통해 두 사람은 소통 중이다. "작은 유리컵에 얼음물을 담아" 건네는 주인의 행동과 여전한 무표정에서 화자는 주인의 호의와 의도를 동시에 짐작하면서 가게를 나온다. "최대한 웅크린 자세로 걸어"가는 화자의 위축된 마음과 "금세 삶 쪽으로 쓰러진" "사랑"에 대한 "비유가 너절"하게 느껴지는 건, 아마도 그것이 어린 시절의 내가 겪었던 마음과 다르지 않기 때문일 것이다. 이해할 수 없는 상황을 맞닥뜨렸음에도 불구하고, 적절한 이해를 구할 수도 전달할 수도 없는 심리적 벽 앞에서 몰려드는 무력감과 외로움이 화자의 내면을 채운 상상을 불러일으킨 것이 아닐까. 아이스아메리카노가 없는 가게와는 무관하게 세상은 "참, 실망스러운 일이 아닐 수 없"고 "다시 모르게 된다. 그러니 다시 모르게 된다"는 화자의 독백은 일상의 어긋남과 그 안에서의 불가지(不可知)성을 경험한 누구에게나 익숙한 혼잣말이다.

여름이 맞는지 알아보려고 뛰어든다

[……]

어디가 한중간인지 물 밖으로 머리를 내어 가늠하는데
알 수 없어
결국 맞은편에 도착해

정수리부터 땀이 흐르고 이가 달달 떨려
내 입술이 낯설어
추운 건지 더운 건지 알 수 없어

여름일까?

옷이 맞은편에 있는데
어떻게 돌아가야 할까 걸어가야 할까
나는 할 수 없이 벗은 채로 물에 들어가
다시 헤엄을 쳐

그러다가 문득 방금 도착했을 때
이가 달달 떨렸을 때

그때가 한중간이었다는 사실을 알게 되지

[……]

나 이번엔 도착하면 옷을 집어 입고 그대로 달려나갈
거야
뒤도 돌아보지 않고 그냥 달릴 거야

길은 계속 이어지고 나는 나의 한중간이 조용히 이동
하고 있다는 것을 알았다. 하지만 호수를 나와 맨몸으
로 서서 이를 달달 떨었던 일은 잊히지 않는다. 뒤도 돌
아보지 않겠다는 다짐은 아직도 지켜지고 있다. 내 앞
의 풍경들은 점점 바뀌고 좋아하는 것과 싫어하는 것이
생겼다가 사라지지만, 앞의 풍경들이 바뀐다고 뒤의 풍
경도 바뀐다는 희망은 품지 않게 되었다.
　　　　　　　──「무화과나무 여름 바구니 이름」 부분

「무화과나무 여름 바구니 이름」은 한 청년의 아름다운
성장통으로 읽힌다. "여름이 맞는지 알아보려고 뛰어"드
는 것은 청춘이 아니면 불가능한 무모함이다. "어디가 한
중간인지 물 밖으로 머리를 내어 가늠하"지만, 시적 화자
는 그것을 알 수 있을 만한 직관을 갖지 못했다. 중간은 항
상 다시 돌아갈 순간을 결정할 수 있게 한다. 이미 중간

에 대한 경험과 돌아가는 여정의 고단함을 알 만큼 나이가 들어버린 사람은 "옷이 맞은편에 있"다고 해서, "할 수 없이 벗은 채로 물에 들어가/다시 헤엄을 쳐"나갈 용기를 낼 수 없다. 하지만 '나'는 "어떻게 돌아가야 할까 걸어가야 할까" 고민하다 다시 뛰어들어 "헤엄을 쳐"나간다. "그러다가 문득 방금 도착했을 때" "그때가 한중간이었다는 사실을 알게 되"면서 자신의 모험 속에서 경험치를 쌓아나간다. "호수를 나와 맨몸으로 서서 이를 달달 떨었던 일"은 "돌아보지 않고" 싶은 순간이지만, "이가 달달 떨렸을 때" 가졌던 난감한 순간의 감각은 "앞의 풍경들이 바뀐다고 뒤의 풍경도 바뀐다는 희망은 품지 않게" 될 만큼 시적 화자를 단단하게 성숙시킨다.

Take 3: "내가 아는 안마사"와 "일치를 기다리지 않아요"

산문처럼 읽히는 이다희의 시에 왜 이렇게 끌리는 것일까? 지난 글에서는 "희극과 비극 사이에 가랑이를 벌리고 있는 블랙 유머처럼, 산문시는 한 발은 산문에, 다른 한 발은 시에 두고 있지만, 불안하게 그 발꿈치들을 바나나 껍질 위에 두고 있다"[2]는 다소 경박한 비유를 들었지만, 결국 산문시의 본질은 시와 산문의 장점을 모두 이용할 수 있는 다른 방식의 시 쓰기라는 점이다. 페소아의 말처럼 우리는 산문을 쓸 때 좀더 자유롭다. 산문시에서 우연히 발생하는 시적 리듬은 산문을 방해하지 않을 뿐더러, 자유로운 언어는 시의 규칙에서 벗어나 말하고 생각하는 모든 가능성을 열어준다.[3] 보통 사람들은 아무 생각이 없을 때 백일몽에 빠지지만, 페소아 자신은 글쓰기의 형식을 빌려 꿈을 꾼다는 말처럼[4] 이다희 역시 산문으로 꿈꾸는 방법을 아는 이야기꾼이다.

내가 아는 안마사는 기운이 좋지 않은 손님을 만나는 날에 침대가 아니라 문간에서 새우잠을 잔다

그녀의 꿈에는 종종 손에 닿았던 살들이 모두 이어져 파도치는 장면이 나온다 그러면 그녀의 오른쪽에 어디서 생겼는지 모를 서핑 보드가 갑자기 나타나고 그녀는 망설임 없이 서핑 보드를 탄 채 정신없이 파도치는 살들 사이로 중심을 잡는다

2 "Prose Poem—Expolre the glossary of poetic terms"(https://poets.org/glossary/prose-poem).
3 페르난두 페소아, 『불안의 책』, 오진영 옮김, 문학동네, 2015, p. 292 참조.
4 같은 책, p. 201.

어떤 때는 열흘이 넘도록 침대에 들어가지 못한 적도
있다

밤새 희고 얇은 니트릴 장갑을 끼고 자다가 아침에
일어나면 싱크대에서 태운다
그녀는 이것이 14년 넘게 근속을 할 수 있는 이유라
고 생각한다

어느 날 어느 때 그녀는 비몽사몽 일어나 장갑을 태
웠고 태우는 것에 열중한 나머지 불이 번졌다

거실에 설치된 화재경보기가 요란하게 울리기 시작
했다 세상의 모든 복도가 사이렌 소리로 환해지고 문들
이 흔들거렸다 열대어들이 피난을 가며 부드럽게 어항
을 밀었다

오늘은 충청도로 출장을 간다 갑자기 거동이 불편해
진 오래된 손님을 위한 그녀의 배려다 아마 그가 마사
지를 더 이상 필요로 하지 않을 때면……

충 청 도

혼잣말을 해본다 일어나서 뱉은 첫마디가 충청도라

니 자세한 주소를 떠올리려고 하면 할수록 입에서는 충
청도라는 세 글자만 반복해서 나왔다

　그녀의 손을 거쳤던 살들이 실은 그녀의 손을 어루만
진 것이다

—「충청도」 부분

　"내가 아는 안마사"에 관한 소박한 이야기는 다정하
면서도 동시에 나를 옹송그리게 한다. "거동이 불편해진
오래된 손님"을 위해 출장을 가는 안마사. "그가 마사지
를 더 이상 필요로 하지 않을 때"를 상상하면서 말을 잇
지 못하는 그녀는 자신의 "손을 거쳤던 살들이 실은 그녀
의 손을 어루만진 것이"라고 생각할 줄 아는 따뜻한 사람
이다. "밤새 희고 얇은 니트릴 장갑을 끼고 자다가 아침
에 일어나면 싱크대에서 태"우는 그녀의 반복적인 일상
은 "14년 넘게 근속을 할 수 있는 이유"이자 손님들을 위
한 보드라운 배려이다. "충 청 도"라는 단어의 울림은 왠
지 그녀의 혼잣말 소리를 더 다정하게 만들 것만 같다. 이
이야기가 나를 옹송그리게 하는 것은 "기운이 좋지 않은
손님을 만나는 날에 침대가 아니라 문간에서 새우잠을"
자는 그녀를 상상할 때다. "어떤 때는 열흘이 넘도록 침대
에 들어가지 못한 적도 있다"는 문장은 그녀에게 타인의
살을 만지는 일이 그들의 영혼을 만지는 일과 다르지 않

다는 것을 알게 한다. 살의 접촉을 통해 누군가 나의 영혼을 위로한다는 상상은 분명 저릿하면서도 따스하다. 산문의 자유로운 상상이 만들어내는 정다운 서사와 함께, "거실에 설치된 화재경보기가 요란하게 울리기 시작"하면서 "세상의 모든 복도가 사이렌 소리로 환해지고 문들이 흔들거렸다 열대어들이 피난을 가며 부드럽게 어항을 밀었다"는 문장에서 전개되는 이미지는 또한 얼마나 긴박하면서도 동화적인가. "내가 아는 안마사"의 이야기를 담은 「충청도」는 마음에 오래 남을 것 같다.

　「사라진 대표님」은 여섯 개의 소제목으로 이어지는 긴 산문시이다. "작년 겨울에 제주도로 내려"간 '대표님'을 직접 본 적이 없는 '나'는 "대표님이 제주도로 내려가신 게 맞느냐고" 묻는다. "마치 그 증거처럼 전복이 든 아이스박스를 회사로 보냈고 직원들은 나눠 가졌다." "대표님은 감귤 농장을 하나 인수해서 귤을 따신다고 한다." 이윽고 "감귤 세 박스가 택배로 도착했다". 하지만 "대표가 있으나 없으나 월급이 밀리지 않는다"는 사실이, "서류의 대표님 사인란은 항상 공란으로 비어 있"는 사실이 시적 화자에게는 불편하다. "나에게 대표님은 하얗고 조그마한 네모 모양으로 존재한다." "대표님에 대해서 이것저것 물어본 후 내가 대표님의 가족이라는 소문이 돌았다." "어느 순간" "대표님의 낙하산이 되어 있"는 사실이 "반쯤은 불편하고 반쯤은 우쭐한 기분이 드는 투명한 거품 속에 간

혀 있"는 것만 같다. '대표님'은 시에서 현전하는 대신, 자신을 증명해줄 것으로 믿는 대리행위 안에서 존재한다. 언제부터인가 우리는 자신과 관계 맺는 다른 한쪽의 본질을 직접 대면하는 것을 기피해왔다. 관계의 본질이 선의든 악의든 현대사회에서 관계 당사자들이 대리행위를 통해 소통하는 일이 바람직하거나 최소한 상관없다는 입장인 것이다. 이러한 불일치에 대한 질문이나 확인 행위는 공동체적 관점에서 돌출 행위로 간주된다. 단순한 이의 제기마저 말도 안 되는 억측이나 오해를 낳고, 시적 화자 같은 사람은 예외적 존재로 취급받는다.

1

입사한 건 반년 전이다. 아침에 이유도 없이 불길한 느낌이 들었다. 하나의 정확한 이유가 있었다면 불쾌한 느낌이라고 했을 것이다. 이유를 대려면야 수많은 이유를 댈 수 있어서 오히려 이유가 없다고 말해야 한다. 이런 기분을 품고 그냥 사는 일에도 상당한 각오가 필요하다.

[······]

6

대표님, 제주도는 바람이 많이 부나요? 저, 저는 지

금 되게 기뻐요. 어떻게 공백과 일치하겠어요. 그런 생각이 드네요. 오늘 처음 떠올린 문장이지만 마치 태어날 때부터 알고 있었다는 듯 고개를 끄덕거리게 되네요. 눈이라면 눈 맞춤을 귀라면 귓속말을 하겠고 이빨이라면 먹잇감이 되고 머리카락이라면 빗어줄 것이며 심장이라면 먼 박동이 되겠죠. 제가 어떻게 공백이 아니겠어요. 대표님, 저는 이제 어떤 일치를 기다리지 않아요. 저 기뻐요. 정말 기뻐요. 기뻐서, 막, 뛰고 싶어요.
　　　　　　　　　　　　　——「사라진 대표님」 부분

　이런 논리라면 첫 연에서 "이런 기분을 품고 그냥 사는 일에도 상당한 각오가 필요"한 것이 수긍이 간다. 결국 마지막 연에서 시적 화자는 공동체의 논리와 타협한다. "어떻게 공백과 일치하겠어요"나 "저는 이제 어떤 일치를 기다리지 않아요" 그리고 그런 결정이 "정말 기뻐요. 기뻐서, 막, 뛰고 싶어요"라는 고백이 기쁘기보다 씁쓸하게 느껴지는 것은, 그 말이 시적 화자가 간직했던 실존의 일치를 확인하려는 의지를 포기하는 것으로 읽히기 때문이다.
　한 시인을 따라 읽는다는 것은 특별한 독서 경험이다. 다르게 표현하자면 시인이 탄생시킨 시적 화자들의 목소리를 따라 읽는 것과 같다. 시집이 새롭게 나올 때마다 이전 시집에서 만난 시적 화자의 흔적을 찾게 되고, 익숙한 모습을 발견하게 되면 기쁘다. 그보다 더 반가운 것은 그

화자의 모습이 성장했을 때이다. 발랄하고 씩씩했던 이다희의 화자들은 이제 우리에게 한쪽 어깨를 내줄 만큼 성숙한 존재들로 돌아왔다. 그들의 외로움과 불안은 우리 영혼의 깊은 늪 속에 잠들어 있던 익숙한 모습과 겹치며 서로가 서로를 위로한다. 마지막으로 긴 하루를 보낸 당신에게 아래의 시를 남기면서 이 글을 마친다.

언제든 불을 켜서 어둠을 내쫓을 수 있으니 당장은 불을 켜지 않는다.
이 어둠을 그대로 둔다. 나는 어둠을 옹호하는 게 아니라 이미 밝은 곳이 더 밝기 어렵다는 것을 알게 된 것뿐이다.

[……]

나는 이렇게 말할 수 있다. 태양 아래서 나는 네 편이야. 너는 무심하게 내 마음을 밟고 지나가. 행성들을 모아 모래성을 지어줄게. 난 널 안타까워하지 않아. 우린 결코 같은 편이 아니지. 그렇지만 난 그저 네 편이야.
　　　　　　　　　　　　　　　—「하루보다 긴 일기」부분